郁达夫经典作品集

郁达夫 著

花山文艺出版社
河北·石家庄

图书在版编目（CIP）数据

郁达夫经典作品集 / 郁达夫著. -- 石家庄 : 花山文艺出版社, 2018.4（2024.6 重印）
ISBN 978-7-5511-3882-6

Ⅰ. ①郁… Ⅱ. ①郁… Ⅲ. ①中国文学－现代文学－作品综合集 Ⅳ. ①I216.2

中国版本图书馆CIP数据核字(2018)第048926号

书　　名：郁达夫经典作品集
YU DAFU JINGDIAN ZUOPIN JI

著　　者：郁达夫

策　　划：张采鑫
责任编辑：李倩迪
特约编辑：李文生
装帧设计：北京九洲鼎图书有限公司
美术编辑：王爱芹
出版发行：花山文艺出版社（邮政编码：050061）
（河北省石家庄市友谊北大街330号）
销售热线：0311-88643299/96/17
印　　刷：三河市中晟雅豪印务有限公司
经　　销：新华书店
开　　本：710mm×1000mm　1/16
印　　张：10
字　　数：110千字
版　　次：2018年6月第1版
2024年6月第3次印刷
书　　号：ISBN 978-7-5511-3882-6
定　　价：49.80元

达夫是一个伟大的爱国者，爱国是他毕生的精神支柱。

——夏衍

在中国文学史上，将永远铭刻着郁达夫的名字，在中国人民反法西斯战争的纪念碑上，也将永远铭刻着郁达夫烈士的名字。

——胡愈之

达夫感情饱满细腻，观察深切，才思敏捷，古典文学、西洋文学根基都雄厚。从气质上来讲，他是个杰出的抒情诗人，散文和小说不过是诗歌的扩散。他的一生是一首风云变幻而又荡气回肠的长诗。这样的诗人，近代诗史上是屈指可数的。在新文艺作家的队伍中，鲁迅、田汉而外，抗衡者寥寥。沫若兄才高气壮，新诗是一代巨匠，但说到旧体诗词，就深情和熟练而言，应当退避达夫三舍。这话我当着沫若兄的面也讲过，他只是点头而笑，心悦诚服。

——刘海粟

序

中华人民共和国成立几十年来，语文教学实现了由“语文教学大纲”到“语文课程标准”再到“语文核心素养”的三级跳远。如果说“语文教学大纲”解决了森林的每棵树是什么的问题，那么，“语文课程标准”就解决了由树成林的整体观是什么样子的问题，而“语文核心素养”则解决了树如何成林、成林后有什么用处的大问题。

在“语文教学大纲”时代，传递一个一个的知识点是教学的重要任务，于是文章里的知识点在课堂上被一一讲解，学生虽掌握了知识点却难免“只见树木不见森林”。“语文课程标准”的颁布实施，让语文教学前进了一大步，真正把语文教学放在“课程”里整体思考，整体设计教学思路，将知识、能力、情感、态度、价值观融为一体统筹安排，但其终极目标还不够清晰。“语文核心素养”是在全面落实“立德树人”教育目标下提出来的，旨在通过语文自有的教育功能为当代合格青少年的成长过程提供必要的养料和条件。

什么是“语文核心素养”？北京师范大学资深教授王宁认为，语文核心素养是学生在积极主动的语言实践活动中构建起来，并在真实的语言运用情境中表现出来的个体语言经验和言语品质；是学生在语文学习中获得的语言知识与语言能力、思维方法和思维品质，是基于正确的情感、态度和价值观的审美情趣和文化感受能力的综合体现。简言之，语文核心素养包含四个关键词，即语言、思维、审美和文化。

我们为什么要阅读经典，如何阅读经典，它和语文核心素养的养成有什么关系？

我们可以站在阅读经典这个制高点上，去回首我们的过去的经历，评判我们的得失；也可以以更加开阔的视野瞭望世界，“极目楚天舒”。这说明“读什么”比“怎么读”更为重要。

中外经典繁多。中国古代文学是一座宝库，但阅读它们需要掌握一定的知识和能力，需要有适合的导读和引领。中国现代文学离我们不太遥远，其所处时代的特殊性给我们的阅读提供了多种可能性。因此，在几年前“经典阅读与中学语文教学”课题被中国教育学会中学语文教学专业委员会批准立项时，课题组就锁定中国现代文学经典作为研究对象。这些经典，不仅有20世纪二十至四十年代冲破铁屋子的呐喊、落后与苦难下的坚守、民族存亡的抗争，也有中华人民共和国成立的喜悦和人民投身火热建设中的豪情，作品中表现的家国情怀无不令人动容。通过阅读这些经典，学习作家们的语言运用技巧，以积累好词好句，提升自己的语言建构与运用能力；学习作家们批判与发现的精神，以促进自己的思维发展与提升；学会欣赏和评价作家们的作品，以培养自己的审美鉴赏与创造能力；学习作家们对中外文化的包容、借鉴、继承，以加强自己对文化的传承与理解。

最后借用我国著名作家王蒙先生的话与读者共勉：读书的亮点在于照亮生活，生活的亮点包括积累智慧与学问。生活与读书是互见、互证、互相照耀的关系。用脑阅读，用心阅读！用阅读攀登精神的高峰！

目录

而北方春天的最值得记忆的痕迹，是城厢内外的那一层新绿，同洪水似的新绿。

散文

小说

江上的星光摇动了一下，好似天空掉下来的样子。

散文

归　航*

微寒刺骨的初冬晚上，若在清冷同中世似的故乡小市镇中，吃了晚饭，于未敲二更之先，便与家中的老幼上了楼，将你的身体躺入温暖的被里，呆呆的隔着帐子，注视着你的低小的木桌上的灯光，你必要因听了窗外冷清的街上过路人的歌音和足声而泪落。你因了这灰暗的街上的行人，必要追想到你孩提时候的景象上去。这微寒静寂的晚间的空气，这幽闲落寞的夜行者的哀歌，与你儿童时代所经历的一样，但是睡在楼上薄棉被里，听这哀歌的人的变化却如何了？一想到这里谁能不生起伤感的情来呢？——但是我此言，是为像我一样的无能力的将近中年的人而说的——

我在日本的郊外夕阳晼晚的山野田间散步的时候，也忽而起了一种同这情怀相像的怀乡的悲感，看看几个日夕谈心的朋友，一个一个地减少下去的时候，我也想把我的迷游生活（Wandering Life）结束了。

十年久住的这海东的岛国，把我那同玫瑰露似的青春消磨了的这异乡的天地，我虽受了她的凌辱不少，我虽不愿第二次再使她来吻我的脚底，但是因为这厌恶的情太深了，到了将离的时候，我倒反而生起一种不忍与她诀别的心来。啊啊，这柔情一脉，便是千古的伤心种子，人生的悲剧，可能是发芽在此地的吗？

我于未去日本之先，我的高等学校时代的生活背景，也想再去探看一回。

---

* 本文据原文有删节。

我于永久离开这强暴的小国之先，我的迭次失败了的浪漫史的血迹，也想再去揩拭一回。

“轻薄淫荡的异性者呀，你们用了种种柔术想把来弄杀了的他，现在已经化作了仙人，想回到他的须弥故国去了。请你们尽在这里试用你们的手段吧，他将要骑了白鹤，回到他的母亲怀里去了。他回去之后，定将拥挟了霓裳仙子，舞几夜通宵的歌舞，他是再也不来向你们乞怜的了。”

我也想用了微笑，代替了这一段言语，向那些愚弄过我的妇人，告个长别，用以泄泄我的一段幽恨。为了这种种琐碎的原因，我的回国日期竟一天一天地延长了许多的时日。

从家里寄来的款也到了，几个留在东京过夏的朋友为我饯行的席也设了，想去的地方，也差不多去过了，几册爱读的书也买好了，但是要上船的第一天（七月的十五）我又忽而跑上日本邮船公司去，把我的船票改迟了一班，我虽知道在黄海的这面有几个——我只说几个——与我意气相合的朋友在那里等我，但是我这莫名其妙的离情，我这像将死时一样的哀感，究竟教我如何处置呢？我到七月十九的晚上，喝醉了酒，才上了东京的火车，上神户去趁翌日出发的归舟。

二十的早晨从车上走下来的时候，赤色的太阳光线已经将神户市的一大半房屋烧热了。神户市的附近，须磨是风光明媚的海滨村，是三伏中地上避暑的快乐园，当前年须磨寺大祭的晚上，是我与一个不相识的妇人共宿过的地方。依我目下的情怀说来，是不得不再去留一宵宿，叹几声别的，但是回故国的轮船将于午前十点钟开行，我只能在海上与她遥别了。

“妇人呀妇人，但愿你健在，但愿你荣华，我今天是不能来看你了。

再会——不……不……永别了……”

须磨的西边是明石，紫式部的同画卷似的文章，蓝苍的海浪，洁白的沙滨，参差雅淡的别庄，别庄内的美人，美人的幽梦……

“明石呀明石！我只能在游仙枕上，远梦到你的青松影里，再来和你的儿女谈多情的韵事了。”

八点半钟上了船，照管行李，整理舱位，足足忙了两个钟头；船的前后铁索响的时候，铜锣报知将开船的时候，我的十年中积下来的对日本的愤恨与悲哀，不由得化作了数行冰冷的清泪，把海湾一带的风景，染成了模糊像梦里的江山。

“啊啊，日本呀！世界一等强国的日本呀！国民比我们矮小，野心比我们强烈的日本呀！我去之后，你的海岸大约依旧是风光明媚，你的儿女大约依旧是荒淫无忌地过去的。天色的苍茫，海洋的浩荡，大约总不至因我之去而稍生变更的。我的同胞的青年，大约仍旧要上你这里来，继续了我的运命，受你的欺辱的。但是我的青春，我的在你这无情的地上花费了的青春！啊啊，枯死的青春呀，你大约总再也不能回复到我的身上来了吧！”

二十一日的早晨，我还在三等舱里做梦的时候，同舱的鲁君就跳到我的枕边上来说：“到了到了！到门司了！你起来同我们上门司去吧！”

我乘的这只船，是经过门司不经过长崎的，所以门司，便是中途停泊的最后的海港；我的从昨日酝酿成的那种伤感的情怀，听了门司两字，又在我的胸中复活了起来。一只手擦着眼睛，一只手捏了牙刷，我就跟了鲁君走出舱来。淡蓝的天色，已经被赤热的太阳光线笼罩了东方半角。平静无波的海上，贯流着一种夏天早晨特有的清新的空气。船的左右岸有几堆同青螺似的小岛，受了朝阳的照耀，映出了一种浓润的绿色。前面去左船舷不远的地方有一条翠绿的横山，山上有两株无线电报的电杆，突出在碧落的背景里；这电杆下就是门司港市了。船又行进了三五十分钟，回到那横山正面的时候，我只见无数的人家、无数的工厂烟囱、无数的船舶和桅杆，纵横错落地浮映在天水中间的太阳光线里，船已经到了门司了。

门司是此次我的脚所践踏的最后的日本土地，上海虽然有日本的居民，天津汉口杭州虽然有日本的租界，但是日本的本土，怕今后与我便无缘分了。因为日本是我所最厌恶的土地，所以今后大约我总不至于再来的。因为我是无产阶级的一介分子，所以将来大约我总不至坐在赴美国的船上，再向神户横滨来泊船的。所以我可以说门司便是此次我的脚所践踏的最后的日本土地了。

我因为想深深地尝一尝这最后的伤感的离情，所以衣服也不换，面也不洗，等船一停下，便一个人跳上了一只来迎德国人的小汽船，跑上岸上去了。小汽船的速力，在海上振动了周围清新的空气，我立在船头上觉得一种微风同妇人的气息似的吹上了我的面来。蓝碧的海面上，被那小汽船冲起了一层波浪，汽船过处，现出了一片银白的浪花，在那里反射着朝日。

在门司海关码头上岸之后，我觉得射在灰白干燥的陆地路上的阳光，几乎要使我头晕；在海上不感得的一种闷人的热气，一步一步地逼上我的面来，我觉得我的鼻上有几颗珍珠似的汗珠滚出来了；我穿过了门司车站的前庭，便走进狭小的锦町街上去。我想永久将去日本之先，不得不买一点什么东西，作作纪念，所以在街上走了一回，我就踏进了一家书店。新刊的杂志有许多陈列在那里，我因为不想买日本诸作家的作品，来培养我的创作能力，所以便走近里面的洋书架去。小泉八云 Lafcadio Hearn 的著作，Modern Library 的丛书占了书架的一大部分，我细细地看了一遍，觉得与我这时候的心境最适合的书还是去年新出版的 John Paris 的那本 Kimono（日本衣服之名）。

我将要去日本了，我在沦亡的故国山中，万一同老人追怀及少年时代的情人一般，有追思到日本的风物的时候，那时候我就可拿出几本描写日本的风俗人情的书来赏玩。这书若是日本人所著，他的描写，必至过于真确，那时候我的追寻远地的梦幻心境，倒反要被那真实粗暴的形象所打破。我在那时候若要在沙上建筑蜃楼，若要从梦里追寻生活，非要读读朦胧奇特、富有异国情调的，那些描写月下的江山，追怀远地的情事的书类不可；从此看来，这 Kimono 便是与这境状最适合的书了，我心里想了一遍，就把 Kimono 买了。从书店出来又在狭小的街上的暑热的太阳光里走了一段，我就忍了热从锦町三丁目走上幸町的通里山的街上去……

……路上的灰尘和太阳的光线，逼迫我的身体，致我不得不向咖啡店去休息一场；我在去码头不远的一家酒店坐下的时候，身体也真疲劳极了。

喝了一大瓶啤酒，吃了几碗日本固有的菜，我觉得我的消沉的心里，也生了一点兴致出来……但拿出表来一看，已经过十二点了，船是午后两点钟就要拔锚的。

我出了酒店，手里拿了一本 Kimono，在街上走了两步，就把游荡的邪心改过，到浴场去洗了一个澡，因以涤尽了十几年来，堆叠在我这微躯上的日本的灰尘与恶土。

上船的时候，已经是午后一点半了。三十分后开船的时候，我和许多去日本的中国人和日本人立在三等舱外甲板上的太阳影里看最后的日本的陆地。门司的人家远去了，工场的烟囱也看不清楚了，近海岸的无人绿岛也一个一个地少下去了，我正在出神的时候，忽听一等舱的船楼上有清脆的妇人声在那里说话；我抬起头来一看，见有一个年纪十八九的中西混血的少女，立在船楼的栏杆边上，在那里和一个红脸肥胖的下劣西洋人说话。那少女皮肤带着浅黑色，眼睛凹在鼻梁的两边，鼻尖高得很，瞳仁带些微黄，但仍是黑色；头发用烙铁烫过，有一圈珍珠，带在蓬蓬的发下。她穿的是黄白薄绸的一件西洋的夏天女服，双袖短得很，她若把手与肩胛平张起来，你从袖口能看得出她腋下的黑影和胸来。她的颈项下的前后又裸着两块可爱的黄黑色的肥肉。下面穿的是一条短短的围裙，她的瘦长的两条脚露出在鱼白的湖绉裙下。从玄色的丝袜里蒸发出来的她的身体的香味，我好像也闻得出来的样子。看看她那微笑的短短的面貌，和一排洁白的牙齿，我恨不得拿出一把手枪来，把那同禽兽似的西洋人击杀了。

“年轻的少女呀，我的半同胞呀！你母亲已经为他们异类的禽兽玷污了，你切不可再与他们接近才好呢！……少女呀少女！你听了我的这哀愿吧！”

我的眼睛呆呆地在那里看守她那颧骨微突嘴巴狭小的面貌，我的心里尽在那里念这些祈祷。感伤的情怀，一时征服了我的全体，我觉得眼睛里酸热起来，她的面貌，就好像有一层 Veil 罩着的样子，也渐渐地朦胧起来了。

海上的景物也变了。近处的小岛完全失去了影子，空旷的海面上，映着了夕照，远远里浮出了几处同眉黛似的青山；我在甲板上立得不耐烦起来，就一声也不响，低了头，回到了舱里。

太阳在西方海面上沉没了下去，灰黑的夜阴从大海的四角里聚集了拢来，我吃完了晚饭，仍复回到甲板上来，立在那少女立过的楼底直下。我仰起头来看看她立过的地方，心里就觉得悲哀起来，前次的纯洁的心情，早已不复在了，我心里只暗暗地想：

“我的头上那一块板，就是她曾经立过的地方。啊啊，要是她能爱我，就教我用无论什么方法去使她快乐，我也愿意的。啊啊，所罗门当日的荣华，比到纯洁的少女的爱情，只值得什么？事也不难，她立在我头上板上的时候，我只需用一点奇术，把我的头一寸一寸地伸长起来，钻过船板去就对了。”

想到了这里，我倒感着了一种滑稽的快感；但看看船外灰黑的夜阴，我觉得我的心境也同白日的光明一样，一点一点被黑暗腐蚀了。

我今后的黑暗的前程，也想起来了。我的先辈回国之后，受了故国社会的虐待，投海自尽的一段哀史，也想起来了。

“我在那无情的岛国上，受了十几年的苦，若回到故国之后，仍不得不受社会的虐待，教我如何是好呢！日本的少女轻侮我，欺骗我时，我还可以说‘我是为人在客’，若故国的少女，也同日本妇人一样的欺辱我的时候，我更有什么话说呢！你看那 euroasian 不是已在那里轻侮我了吗？她不是已经不承认我的存在了吗？唉，唉，唉，唉，我错了，我错了。我是不该回国来的。一样的被人虐待，与其受故国同胞的欺辱，倒还不如受他国人的欺辱更好自家宽慰些。”

我走近船舷，向后面我所别来的国土一看，只见得一条黑线，隐隐地浮在东方的苍茫夜色里。我心里只叫着说：

“日本呀日本，我去了。我死了也不再回到你这里来了。但是，但是我受了故国社会的压迫，不得不自杀的时候，最后浮上我的脑子里来的，怕就是你这岛国哩！ Ave Japan！我的前途正黑暗得很呀！”

一九二二年七月二十六日上海

南行杂记*

一

上船的第二日，海里起了风浪，饭也不能吃，僵卧在舱里，自家倒得了一个反省的机会。

这时候，大约船在舟山岛外的海洋里，窗外又凄其地下雨了。半年来的变化，病状，绝望，和一个女人的不名誉的纠葛，母亲的不了解我的恶骂，在上海的几个月的游荡，一幕一幕的过去的痕迹，很杂乱地尽在眼前交错。

上船前的几天，虽则是心里很牢落，然而实际上仍是一件事情也没有干妥。闲下来在船舱里这么一想，竟想起了许多琐杂的事情来：

“那一笔钱，不晓几时才拿得出来？”

“分配的方法，不晓有没有对C君说清？”

“一包火腿和茶叶，不知究竟要什么时候才能送到北京？”

“啊！一封信又忘了！忘了！”

像这样的乱想了一阵，不知不觉，又昏昏地睡去，一直到了午后的三点多钟。在半醒半觉的昏睡余波里沉浸了一回，听见同舱的K和W在说话，并且话题逼近到自家的身上来了：

“D不晓得怎么样？”K的问话。

---

* 本文据原文有删节。

“叫他一声吧！”W 答。

“喂，D！醒了吧？”K 又放大了声音，向我叫。

“乌乌……乌……醒了，什么时候了？”

“舱里空气不好，我们上‘突克’去换一换空气吧！”

K 的提议，大家赞成了，自家也忙忙地起了床。风停了，雨也已经休止，“突克”上散坐着几个船客。海面的天空，有许多灰色的黑云在那里低回。一阵一阵的大风渣沫，还时时吹上面来。湿空气里，只听见那几位同船者的杂话声。因为是粤音，所以辨不出什么话来，而实际上我也没有听取人家的说话的意思和准备。

三人在铁栏杆上靠了一会儿，K 和 W 在笑谈什么话，我只呆呆地凝视着黯淡的海和天，动也不愿意动，话也不愿意说。

正在这一个失神的当儿，背后忽儿听见了一种清脆的女人的声音。回头来一看，却是昨天上船的时候看见过一眼的那个广东姑娘。她只有十七八岁年纪，衣服的材料虽则十分素朴，然而剪裁的式样却很时髦。她的微突的两只近视眼，狭长的脸子，曲而且小且薄的嘴唇，梳的一条垂及腰际的辫发，不高不大的身材，并不白洁的皮肤，以及一举一动的姿势，简直和北京的银弟一样。昨天早晨，在匆忙杂乱的中间，看见了一眼，已经觉得奇怪了，今天在这一个短距离里，又深深地视察了一番，更觉得她和银弟的中间，确有一道相通的气质。在两三年前，或者又要弄出许多把戏来搅扰这一位可怜的姑娘的心意；但当精力消疲的此刻，竟和大病的人看见了丰美的盛馔一样，心里只起了一种怨恨，并不想有什么动作。

她手里抱着一个周岁内外的小孩，这小孩尽在吵着，仿佛要她抱上什么地方去的样子。她想想没法，也只好走近了我们的近边，把海浪指给那小孩看。我很自然地和她说了两句话，把小孩的一只肥手捏了一回。小孩还是吵着不已，她又只好把他抱回舱里去。我因为感着了微寒，也不愿意在“突克”上久立，过了几分钟，就匆匆地跑回了船室。

吃完了较早的晚饭，和大家谈了些杂天，电灯上火的时候，窗外又凄凄地起了风雨。大家睡熟了，我因为白天三四个钟头的甜睡，这时候竟合不拢眼来。拿出了一本小说来读，读不上几行，又觉得毫无趣味。丢了书，直躺在被里，想来想去想了半天，觉得在这一个时候对于自家的情味最投合的，还是因那个广东女子而惹起的银弟的回忆。

计算起来，在北京的三年乱杂的生活里，比较得有一点前后的脉络，比较得值得回忆的，还是和银弟的一段恶姻缘。

人生是什么？恋爱又是什么？年纪已经到了三十，相貌又奇丑，毅力也不足，名誉，金钱都说不上的这一个可怜的生物，有谁来和你讲恋爱？在这一种绝望的状态里，醉闷的中间，真想不到会遇着这一个一样飘零的银弟！

我曾经对什么人都声明过：“银弟并不美。也没有什么特别可爱的地方。”若硬要说出一点好处来，那只有她的娇小的年纪和她的尚不十分腐化的童心。

…………

去年正月，因为一位朋友要我去帮他的忙，不得不在兵荒缭乱之际，离开北京，西车站的她的一场大哭，又给了我一个很深的印象。

躺在船舱里的棉被上，把银弟和我中间的一场一场的悲喜剧，回想起来之后，神经愈觉得兴奋，愈是睡不着了。不得已只好起来，拿了烟罐火柴，想上食堂去吸烟去。跳下了床，开门出来，在门外的通路上，却巧又遇见了那位很像银弟的广东姑娘。我因为正在回忆之后，突然见了她的形象，照耀在电灯光里，心里忽而起了一种奇妙的感觉，竟瞪了两眼，呆呆地站住了。她看了我的奇怪的样子，也好像很诧异似的站住了脚。这时候幸亏同船者都已睡尽，没有人看见，而我也于一分钟之内，回复了意识，便不慌不忙地走过她的身边，对她问了一声“还没有睡吗？”就上食堂去吸烟去。

二

从上海出发之后第四天的早晨，听说是已经过了汕头，也许今天晚上可以进虎门的。船客的脸上，都现出一种希望的表情来，天也放晴，“突克”上的人声也嘈杂起来了。

这一次的航海，总算还好，风浪不十分大，路上也没有遇着强盗，而今天所走的地方，已经是安全地带了。在“突克”的左旁，一位广东的老商人，一边拿了望远镜在望海边的岛屿，一边很努力地用了普通话对我说了一段话。

太阳忽隐忽现，海风还是微微地拂上面来，我们究竟向南走了几千里路，原是谁也说不清楚，可是纬度的变迁的证明，从我们的换了夹衣之后，还觉得闷热的事实上找得出来，所以我也不知不觉地对那老商人说：

“老先生，我们已经接触了南国的风光了！”

吃了早午饭，又在“突克”上和那老商人站立了一回，看看远处的岛屿海岸，也没有什么不同的变化，我就回到了舱里去享受午睡。大约是几天来运动不足、消化不良的缘故，头一搁上枕，就作了许多乱梦。梦见了去年在北京德国病院里死的一位朋友，梦见了两月前头，在故乡和我要好的那个女人，又梦见了几回哥哥和我吵闹的情形，最后又梦见我自家在一家酒店门口发怔……

午后三点多钟，睡醒之后，又上“突克”去看了一次，四面的景色，还是和午前一样，问问同伴，说要明天午后，才得到广州。幸而这时候那广东姑娘出来了，和她不即不离地说了几句极普通的话，觉得旅愁又减少了一点。这一晚和前几晚一样，看了几页小说，吸了几支烟，想了些前后错杂的事情，就不知不觉地睡着了。

船到虎门外，等领港的到来，慢慢地驶进珠江，是在开船后第五天的午后三点多钟，天空黯淡，细雨丝丝在下，四面的小岛，远近的渔村，水边的绿树，使一般船客都中心不定地跑来跑去在“突克”和舱室的中间行走，南方的风物，煞是离奇，煞是可爱！

若在北方，这时候只是一片黄沙瘠土，空林里总认不出一串青枝绿叶来，而这南乡的二月，水边山上，苍翠欲滴的树叶，不消再说，江岸附近的水田里，仿佛是已经在忙分秧稻的样子。珠江江口，岔港又多，小岛更多，望南望北，看得出来的，不是嫩绿浓荫的高树，便是方圆整洁的农园。树荫下有依水傍山的瓦屋，园场里排列着荔枝龙眼的长行，中间且有粗枝大干，红似相思的木棉花树，这是梦境呢还是实际？我在船头上竟看得发呆了。

“美啊！这不是和日本长崎口外的风景一样吗？”同舱的K叫着说。“美啊！这简直是江南五月的清和景！”同舱的W亦受了感动。

“可惜今天的天气不好，把这一幅好景致染上了忧郁的色彩。”我也附和他们说。

船慢慢地进了珠江，两岸的水乡人家的春联和门楣上的横额，都看得清清楚楚。前面老远，在空蒙的烟雨里，有两座小小的宝塔看见了。

“那是广州城！”

“那是黄埔！”

像这样的惊喜的叫唤，时时可以听见，而细雨还是不止，天色竟阴阴的晚了。

吃过晚饭，再走出舱来的时候，四面已经是夜景了。远近的湾港里，时有几盏明灭的渔灯看得出来，岸上人家的墙壁，还依稀可以辨认。广州城的灯火，看得很清，可是问问船员，说到白鹅潭还有二十多里。立在黄昏的细雨里，尽把脖子伸长，向黑暗中瞭望，也没有什么意思，又想回到食堂里去吸烟，但W和K却不愿意离开“突克”。

不知经过了几久，轮船的轮机声停止了。“突克”上充满了压人的寂静，几个喜欢说话的人，又受了这寂静的威胁，不敢作声，忽而船停住了，跑来跑去有几个水手呼唤的声音。轮船下舢板中的男女的声音，也听得出来了，四面的灯火人家，也增加了数目。舱里的茶房，不知道什么时候出来的，这时候也站在我们的身旁，对我们说：

“船已经到了，你们还是回舱去照料东西吧！广东地方可不是好地方。”

我们问他可不可以上岸去，他说晚上雇舢板危险，还不如明天早上上去的好，这一晚总算到了广州，而仍在船上宿了一宵。

在白鹅潭的一宿，也算是这次南行的一个纪念……第二天早晨，天一亮，不及和那姑娘话别，我们就雇了小艇，冒雨冲上岸来了。

一九二六年四月二十日

日本的文化生活

无论哪一个中国人，初到日本的几个月中间，最感觉到苦痛的，当是饮食起居的不便。

房子是那么矮小的，睡觉是在铺地的席子上睡的，摆在四脚高盘里的菜蔬，不是一块烧鱼，就是几块同木片似的牛蒡。这是二三十年前，我们初去日本念书时的大概情形；大地震以后，都市西洋化了，建筑物当然改了旧观，饮食起居，和从前自然也是两样，可是在中国人的眼里，总觉得日本的一般国民生活，远没有中国那么的舒适。

但是住得再久长一点，把初步的那些困难克服了以后，感觉就马上会大变起来；在中国社会里无论到什么地方去也得不到的那一种安稳之感，会使你把现实的物质上的痛苦忘掉，精神抖擞，心气和平，拼命地只想去搜求些足使知识开展的食粮。

若再在日本久住下去，滞留年限，到了三五年以上，则这岛国的粗茶淡饭，变得件件都足怀恋；生活的刻苦，山水的秀丽，精神的饱满，秩序的整然，回想起来，真觉得在那儿过的，是一段蓬莱岛上的仙境里的生涯……

记得有一年在上海生病，忽而想起了学生时代在日本吃过的早餐酱汤的风味；教医院厨子去做来吃，做了几次，总做不像，后来终于上一位日本友人的家里去要了些来，从此胃口就日渐开了；这虽是我个人的生活的一端，但也可以看出日本的那一种简易生活的耐人寻味的地方。

而且正因为日本一般的国民生活是这么刻苦的结果，所以上下民众，都只向振作的一方面去精进。明治维新，到现在不过七八十年，而整个国家的进步，却尽可以和有千余年文化在后的英法德意比比；生于忧患，死于逸乐，这话确是中日两国一盛一衰的病源脉案。

刻苦精进，原是日本一般国民生活的倾向，但是另一面哩，大和民族，却也并不是不晓得享乐的野蛮原人。不过他们的享乐，他们的文化生活，不喜铺张，无伤大体；能在清淡中出奇趣，简易里寓深意，春花秋月，近水遥山，得天地自然之气独多，这，一半虽则也是奇山异水很多的日本地势使然，但一大半却也可以说是他们那些岛国民族的天性。

先以他们的文学来说吧，最精粹最特殊的古代文学，当然是三十一字母的和歌。写男女的恋情，写思妇怨男的哀慕，或写家国的兴亡、人生的流转以及世事的无常、风花雪月的迷人等，只有清清淡淡、疏疏落落的几句，就把乾坤今古的一切情感都包括得纤屑不遗了。至于后来兴起的俳句哩，又专以情韵取长，字句更长——只十七字母——而余韵余情，却似空中的柳浪、池上的微波，不知所自始，也不知其所终，飘飘忽忽，袅袅婷婷；短短的一句，你若细嚼反刍起来，会经年累月地使你如吃橄榄，越吃越有回味。最近有一位俳谐师高滨虚子，曾去欧洲试了一次俳句的行脚，从他的记行文字看来，到处只以和服草履作横行的这一位俳人，在异国的大都会，如伦敦、柏林等处，却也遭见了不少的热心作俳句的欧洲男女。他回国之后，且更闻有西欧数处在计划着出俳句的杂志。

其次，且看看他们的舞乐看！乐器的简单，会使你回想到中国从前唱“南风之熏矣”的上古时代去。一棹七弦或三弦琴，拨起来声音也并不响亮；

再配上一个小鼓——是专配三弦琴的，如能乐、歌舞伎、净琉璃等演出的时候——同风阳花鼓似的一个小鼓，敲起来，也只是咚咚的一种单调的鸣声。但是当能乐演到半酣，或净琉璃唱到吃紧，歌舞伎舞至极顶的关头，你眼看着台上面那种舒徐缓慢的舞态——日本舞的动作并不复杂，并无急调——耳神经听到几声琤琤琤与冬冬笃拍的声音，却自然而然地会得精神振作，全身被乐剧场面的情节吸引过去。以单纯取长，以清淡制胜的原理，你只教到日本的上等能乐舞台或歌舞伎座去一看，就可以体会得到……

还有秦楼楚馆的清歌，和着三味线太鼓的哀音，你若当灯影阑珊的残夜，一个人独卧在"水晶帘卷近秋河"的楼上，远风吹过，听到它一声两声，真像是猿啼雁叫，会动荡你的心腑，不由你不扑簌簌地落下几点泪来；这一种悲凉的情调，也只有在日本，也只有从日本的简单乐器和歌曲里，才感味得到。

此外，还有一种合着琵琶来唱的歌；其源当然出于中国，但悲壮激昂，一经日本人的粗喉来一喝，却觉得中国的黑头二面，绝没有那么的威武，与"春雨楼头尺八箫"的尺八，正足以代表两种不同的心境；因为尺八音脆且纤，如怨如慕，如泣如诉，迹近女性的缘故。

日本人一般的好作野外嬉游，也是为我们中国人所不及的地方。春过彼岸，樱花开作红云；京都的岚山丸山，东京的飞鸟上野，以及吉野等处，全国的津津曲曲，道路上差不多全是游春的男女。"家家扶得醉人归"的《春社》之诗，仿佛是为日本人而咏的样子。而祇园的夜樱与都踊，更可以使人魂销魄荡，把一春的尘土，刷落得点滴无余。秋天的枫叶红时，景状也是一样。此外则岁时伏腊，即景言游，凡潮汐干时，蕨薇生日，草菌簇起，以及萤火虫出现的晚上，大家出狩，可以谑浪笑傲，脱去形骸；至于元日的门松，端阳的张鲤祭雏，七夕的拜星，中元的盆踊，以及重九的栗糕等，所奉行的虽系中国的年中行事，但一到日本，却也变成了很有意义的国民节会，盛大无伦。

日本人的庭园建筑，佛舍浮屠，又是一种精微简洁，能在单纯里装点出趣味来的妙艺。甚至家家户户的厕所旁边，都能装置出一方池水，几树楠天，洗涤得窗明宇洁，使你闻觉不到秽浊的熏蒸。

在日本习俗里最有趣味的一种幽闲雅事，是叫作茶道的那一番礼节；各人长跪在一堂，制茶者用了精致的茶具，规定而熟练的动作，将末茶冲入碗内，顺次递下，各喝取三口又半，直到最后，恰好喝完。进退有节，出入如仪，融融泄泄，真令人会想起唐宋以前，太平盛世的民风。

还有“生花”的插置，在日本也是一种有派别师承的妙技；一只瓦盆，或一个净瓶之内，插上几枝红绿不等的花枝松干，更加以些泥沙岩石的点缀，小小的一穿围里，可以使你看出无穷尽的多样一致的配合来。所费不多，而能使满室生春，这又是何等经济而又美观的家庭装饰！

日本人的和服，穿在男人的身上，倒也并不十分雅观；可是女性的长袖，以及腋下袖口露出来的七色的虹纹，与束腰带的颜色来一辉映，却又似万花缭乱中的蝴蝶的化身了。《蝴蝶夫人》这一出歌剧，能够耸动欧洲人的视听，一直到现在，也还不衰的原因，就在这里。

日本国民的注重清洁，也是值得我们钦佩的一件美德。无论上下中等的男女老幼，大抵总要每天洗一次澡；住在温泉区域以内的人，浴水火热，自地底涌出，不必烧煮，洗澡自然更觉简便；就是没有温泉水脉的通都大邑的居民，因为设备简洁，浴价便宜之故，大家都以洗澡为一天工作完了后的乐事。国民一般轻而易举的享受，第一要算这种价廉物美的公共浴场了，这些地方，中国人真要学学他们才行。

凡上面所说的各点，都是日本固有的文化生活的一小部分。自从欧洲文化输入以后，各都会都摩登化了，跳舞场、酒吧间、西乐会、电影院等文化设备，几乎欧化到了不能再欧，现在连男女的服装，旧剧的布景说白，都带上了牛酪奶油的气味；银座大街的商店，门面改换了洋楼，名称也唤作了欧语，譬如水果饮食店的叫作 Fruits Parlour，旗亭的叫作 Café Vienna 或 Barcelona 之类，到处都是；这一种摩登文化生活，我想叫上海人说来，也约略可以说得，并不是日本独有的东西，所以此地从略。

末了，还有日本的学校生活、医院生活、图书馆生活，以及海滨的避暑，山间的避寒，公园古迹胜地等处的闲游漫步生活，或日本阿尔泊斯与富士山的攀登，两国大力士的相扑等，要说着实还可以说说，但天热头昏，挥汗执笔，终于不能详尽，只能等到下次有机会的时候，再来写了。

一九三六年八月在福州

小春天气

一

与笔砚疏远以后，好像是经过了不少日数的样子。我近来对于时间的观念，一点儿也没有了。总之案头堆着的从南边来的两三封问我何以老不写信的家信，可以作我久疏笔砚的明证。所以从头计算起来，大约从我发表的最后的一篇整个儿的文字到现在，总已有一年以上，而自我的右手五指，抛离纸笔以来，至少也得有两三个月的光景。以天地之悠悠，而来较量这一年或三个月的时间，大约总不过似骆驼身上的半截毫毛；但是由先天不足，后天亏损——这是我们中国医生常说的话，我这样的用在这里，请大家不要笑话我——对我说来，渺然一身，寄住在这北风凉冷的皇城人海中间，受尽了种种欺凌侮辱，竟能安然无事地经过这么长的一段时间，却是一种摩西以后的最大奇迹。

回想起来这一年的岁月，实在是悠长得很呀！绵绵钟鼓初长的秋夜，我当众人睡尽的中宵，一个人在六尺方的卧房里踏来踏去，想想我的女人，想想我的朋友，想想我的黯淡的前途，曾经熏烧了多少根的短长烟卷？睡不着的时候，我一个人拿了蜡烛幽脚幽手地跑上厨房去烧些风鸡糟鸭来下酒的事情，也不止三次五次。而由现在回顾当时，那时候初到北京后的这种不安焦躁的神情，却只似儿时的一场噩梦，相去好像已经有十几年的样子，你说这一年的岁月对我是长也不长？

这分外地觉得岁月悠长的事情，不仅是意识上的问题，实际上这一年来我的肉体精神两方面都印上了这人家以为很短而在我却是很长的时间的烙印。去年十月在黄浦江头送我上船的几位可怜的朋友，若在今年此刻，和我相遇于途中，大约他们看见了我，总只是轻轻地送我一瞥，必定会仍复不改常态地向前走去。（虽则我的心里在私心默祷，使我遇见了他们，不要也不认识他们！）

这一年的中间，我的衰老的气象，实在是太急速地侵袭到了，急速地，真真是很急速地。“白发三千丈”一流的夸张的比喻，我们暂且不去用它，就减之又减的打一个折扣来说吧，我在这一年中间，至少也的的确确地长了十岁年纪。牙齿也掉了，记忆力也消退了，对镜子剃削胡髭的早晨，每天都要很惊异地往后看一看，以为镜子里反映出来的，是别一个站在我后面的没有到四十岁的半老人。腰间的皮带，尽是一个窟窿一个窟窿地往里缩，后来现成的孔儿不够，却不得不重用钻子来新开，现在已经开到第二个了。最使我伤心的是当人家欺凌我侮辱我的时节，往日很容易起来的那一种愤激之情，现在怎么也鼓励不起来。非但如此，当我觉得受了最大的侮辱的时候，不晓从何处来的一种滑稽的感想，老要使我作会心的微笑。不消说年轻时的种种妄想，早已消磨得干干净净，现在我连自家的女人小孩的生存和家中老母的健否等问题都想不起来；有时候上街去雇得着车，坐在车上，只想车夫走往向阳的地方去——因为我现在忽而怕起冷来了——慢一点儿走，好使我饱看些街上来往的行人和组成现代的大同世界的形形色色。看倦了，走倦了，跑回家来，只思弄一点美味的东西吃吃，并且一边吃，一边还要想出如何能够使这些美味的东西吃下去不会饱胀的方法来，因为我的牙齿不好，消化不良，美味的东西，老怕不能一天到晚不间断地吃过去。

二

现在我们在这里所享有的，是一年中间最好不过的十月。江北江南，正是小春的时候。况且世界又是大同，东洋车、牛车、马车上，一闪一闪在微风里飘荡的，都是些除五色旗外的世界各国的旗子。天色苍苍，又高又远，不但我们大家酣歌笑舞的声音，达不到天庭，就是我们的哀号狂泣，也和耶和华的耳朵，隔着蓬山几千万叠。生逢这样的太平盛世，依理我也应该向长安的落日，遥进一杯祝颂南山的寿酒，但不晓怎么的，我自昨天以来，明镜似的心里，又忽而起了一层翳障。

仰起头来看看青天，空气澄清得怖人；各处散射在那里的阳光，又好像要对我说一句什么可怕的话，但是因为爱我怜我的缘故，不敢马上说出来的样子。脚底下铺着扫不尽的落叶，忽而索落索落地响了一声，待我低下头来向发出声音来的地方望去，又看不出什么动静来了，这大约是我们庭后的那一棵大槐树，又摆脱了一叶负担了吧。正是午前十点钟的光景，家里的人，都出去了，我因为孤伶仃一个人在屋里坐不住，所以才踱到院子里来的，然而在院子里站了一忽，也觉得没有什么意思，昨晚来的那一点儿小小的忧郁，仍复笼罩在我的心上。

当半年前，每天只是忧郁的连续的时候，倒反而有一种余裕来享乐这一种忧郁，现在连快乐也享受不了的我的脆弱的身心，忽而沾染了这一层虽则是很淡很淡，但也好像是很深的隐忧，只觉得坐立都是不安。没有方法，我就把香烟连续地吸了好几支。

是神明的摄理呢？还是我的星命的佳会？正在这无可奈何的时候，门铃儿响了。小朋友G君，背了水彩画具架进来说：

“达夫，我想去郊外写生，你也同我去郊外走走吧！”

G君年纪不满二十，是一位很活泼的青年画家，因为我也很喜欢看画，所以他老上我这里来和我讲些关于作画的事情。据他说：“今天天气太好，坐在家里，太对大自然不起，还是出去走走的好。”我换了衣服，一边和他走出门来，一边告诉门房“中饭不来吃，叫大家不要等我”的时候，心里所感得的喜悦，怎么也形容不出来。

三

本来是没有一定目的地的我们，到了路上，自然而然地走向西去，出了平则门。阳光不问城内城外，一例地很丰富地洒在那里。城门附近的小摊儿上，在那里摊开花生米的小贩，大约是因为他穿着的那件宽大的夹袄的原因吧，觉得也反映着一味秋气。茶馆里的茶客，和路上来往的行人，在这样和煦的太阳光里，面上总脱不了一副贫陋的颜色；我看看这些人的样子，心里又有点儿不舒服起来了，所以就叫G君避开城外的大街沿城折往北去。夏天常来的这城下长堤上，今天来往的大车特别的少。道旁的杨柳，颜色也变了，影子也疏了。城河里的浅水，依旧映着晴空，反射着日光，实际上和夏天并没有什么区别，但我觉得总有一种寂寥的感觉，浮在水面。抬头看看对岸，远近一排半凋的林木，纵横交错地列在空中。大地的颜色，也不似夏日的茏葱，地上的浅草都已枯尽，带起浅黄色来了。法国教堂的屋顶，也好像失了势力似的，在半凋的树林中孤立在那里。与夏天一样的，只有一排西山连亘的峰峦。大约是今天空气格外澄鲜的缘故吧，这排明褐色的屏障，觉得是近得多了，的确比平时近得多了。此外弥漫在空际的，只有明蓝澄洁的空气、悠久广大的天空和饱满的阳光、和暖的阳光。隔岸堤上，忽而走出了两个着灰色制服的兵来。他们拖了两个斜短的影子，默默地在向南的行走。我见了他们想起了前几天平则门外的抢劫的事情，所以就对G君说：

“我看这里太辽阔，取不下景来，我们还是进城去吧！上小馆子去吃了午饭再说。”

G君踏来踏去地看了一会儿，对我笑着说：

“近来不晓怎么的，有一种莫名其妙的神秘的灵感，常常闪现在我的脑里。今天是不成了，没有带颜料和油画的家伙来。”

他说着用手向远处教堂一指，同时又接着说：

“几时我想画画教堂里的宗教画看。”

“那好得很啊！”

猫猫虎虎地这样回答了一句，我就转换方向，慢慢地走回到城里来了。落后了几步，他也背着画具，慢慢地跟我走来。

四

喝了两斤黄酒，吃得满满的一腹。我和G君坐在洋车上，被拉往陶然亭去的时候，太阳已经打斜了。本来是有点儿醉意，又被午后的阳光一烘，我坐在车上，眼睛觉得渐渐地朦胧起来。洋车走尽了粉房琉璃街，过了几处高低不平的新开地，交入南下洼旷野的时候，我向右边一望，只见几列鄰鄰的屋瓦，半隐半现地在西边一带的疏林里跳跃。天色依旧是苍苍无底，旷野里的杂粮，也已割尽，四面望去，只是洪水似的午后的阳光和远远躺在阳光里的矮小的坛殿城池。我张了一张睡眼，向周围望了一圈，忽笑向G君说：

“‘秋气满天地，胡为君远行’，这两句唐诗真有意思，要是今天是你去法国的日子，我在这里饯你的行，那么再比这两句诗适当的句子怕是没有了，哈哈……”

只喝了半小杯酒，脸上已涨得潮红的G君也笑着对我说：

“唐诗不是这样的两句，你记错了吧！”

两人在车上笑说着，洋车已经走入了陶然亭近旁的芦花丛里，一片灰白的毫芒，无风也自己在那里作浪。西边天际有几点青山隐隐，好像在那里笑着对我们点头。下车的时候，我觉得支持不住了，就对G君说：

“我想上陶然亭去睡一觉，你在这里画吧！现在总不过两点多钟，我睡醒了再来找你。”

五

陶然亭的听差来摇我醒来的时候，西窗上已经射满了红色的残阳。我洗了手脸，喝了两碗清茶，从东面的台阶上下来，看见陶然亭的黑影，已经越过了东边的道路，遮满了一大块道路东面的芦花水地。往北走去，只见前后左右，尽是茫茫一片的白色芦花。西北抱冰堂一角，扩张着阴影，西侧面的高处，满挂了夕阳最后的余光，在那里催促农民的息作。穿过了香冢鹦鹉冢的土堆的东面，在一条浅水和墓地的中间，我远远认出了G君的侧面朝着斜阳的影子。从芦花铺满的野路上将走近G君背后的时候，我忽而气也吐不出来，向西的瞪目呆住了。这样伟大的、这样迷人的落日的远景，我却从来没有看见过。太阳离山，大约不过盈尺的光景，点点的遥山，淡得比春初的嫩草，还要虚无缥缈。监狱里的一架高亭，突出在许多有谐调的树林的枝干高头。芦根的浅水，满浮着芦花的绒穗，也不像积绒，也不像银河。芦萍开处，忽映出一道细狭而金赤的阳光，高冲牛斗。同是在这反光里飞坠的几簇芦绒，半边是红，半边是白。我向西呆看了几分钟，又回头向东北三面环眺了几分钟，忽而把什么都忘掉了，连我自家的身体都忘掉了。

上前走了几步，在灰暗中我看见G君的两手，正在忙动。我叫了一声，G君头也不朝转来，很急促地对我说：

“你来，你来，来看我的杰作！”

我走近前去一看，他画架上，悬在那里，正在上色的，并不是夕阳，也不是芦花，画的中间，向右斜曲的，却是一条颜色很沉滞的大道。道旁是一处阴森的墓地，墓地的背后，有许多灰黑凋残的古木横叉在空间。枯木林中，半弯下弦的残月，刚升起来，冰冷的月光，模糊隐约地照出了一只停在墓地树枝上的猫头鹰的半身。颜色虽则还没有上全，然而一道逼人的冷气，却从这幅未完的画面直向观者的脸上喷来。我蹙紧了眉峰，对这画面静看了几分钟，抬起头来正想说话的时候，觉得太阳已经完全下山了，四面的薄暮的光景也比一刻前促迫了。尤其是使我惊恐的，是我抬起头来的时候，在我们的西北的墓地里，也有一个很淡很淡的黑影，动了一动。我默默地停了一会儿，惊心定后，再朝转头来看东边天上的时候，却见了一痕初五六的新月，悬挂在空中。又停了一会儿，把惊恐之心，按捺了下去，我才慢慢地对G君说：

“这张小画，的确是你的杰作，未完的杰作。太晚了，快快起来，我们走吧！我觉得冷得很。”我话没有讲完，又对他那张画看了一眼，打了一个冷痉，忽而觉得毛发都竦竖了起来；同时自昨天来在我胸中盘踞着的那种莫名其妙的忧郁，又笼罩上我的心来了。

G君含了满足的微笑，尽在那里闭了一只眼睛——这是他的脾气——细看他那未完的杰作。我催了他好几次，他才起来收拾画具。我们二人慢慢地走回家来的时候，他也好像倦了，不愿意讲话，我也为那种忧郁所侵袭，不想开口。两人默默地走到灯火荧荧的民房很多的地方，G君方开口问说：

“这一张画的题目，我想叫它‘残秋的日暮’，你说好不好？”

“画上的表现，岂不是半夜的景象吗？何以叫日暮呢？”

他听了我这句话，又含了神秘的微笑说：

“这就是今天早晨我和你谈的神秘的灵感哟！我画的画，老喜欢依画画时候的情感节季来命题，画面和画题合不合，我是不管的。”

“那么，‘残秋的日暮’也觉得太衰飒了，况且现在已经入了十月，十月小阳春，哪里是什么残秋呢？”

“那么我这张画就叫作‘小春’吧！”

这时候我们已经走进了一条热闹的横街，两人各雇着洋车，分手回来的时候，上弦的新月，也已起来得很高了。我一个人摇来摇去地被拉回家来，路上经过了许多无人来往的乌黑的僻巷。僻巷的空地道上，纵横倒在那里的，只是些房屋和电杆的黑影。从灯火辉煌的大街，忽而转入这样僻静的地方的时候，谁也会发生一种奇怪的感觉出来，我在这初月微明的天盖下，苍茫四顾，也忽而好像是遇见了什么似的，心里的那一种莫名其妙的忧郁，更深起来了。

一九二四年旧历十月初七日

雨

周作人先生名其书斋曰苦雨，恰正与东坡的喜雨亭名相反。其实，北方的雨，却都可喜，因其难得之故。像今年那么大的水灾，也并不是雨多的必然结果；我们应该责备治河的人，不事先预防，只晓得糊涂搪塞，虚縻国帑，一旦有事，就互相推诿，但救目前。人生万事，总得有个变换，方觉有趣；生之于死，喜之于悲，都是如此，推及天时，又何尝不然？无雨哪能见晴之可爱，没有夜也将看不出昼之光明。

我生长江南，按理是应该不喜欢雨的；但春日暝蒙，花枝枯竭的时候，得几点微雨，又是一件多么可爱的事情！“小楼一夜听春雨”“杏花春雨江南”“天街细雨润如酥”，从前的诗人，早就先我说过了。夏天的雨，可以杀暑，可以润禾，它的价值的大，更可以不必再说。而秋雨的霏微凄冷，又是别一种境地，昔人所谓“雨到深秋易作霖，萧萧难会此时心”的诗句，就在说秋雨的耐人寻味。至于秋女士的“秋雨秋风愁煞人”的一声长叹，乃别有怀抱者的托词，人自愁耳，何关雨事。三冬的寒雨，爱的人恐怕不多。但“江关雁声来渺渺，灯昏宫漏听沉沉”的妙处，若非身历其境者决领悟不到。记得曾宾谷曾以《诗品》中语名诗，叫作《赏雨茅屋斋诗集》。他的诗境如何，我不晓得，但“赏雨茅屋”这四个字，真是多么地有趣！尤其是到了冬初秋晚，正当“苍山寒气深，高林霜叶稀”的时节。

江南的冬景

凡在北国过过冬天的人，总都道围炉煮茗，或吃煊羊肉、剥花生米、饮白干的滋味。而有地炉、暖炕等设备的人家，不管它门外面是雪深几尺，或风大若雷，而躲在屋里过活的两三个月的生活，却是一年之中最有劲的一段蛰居异境；老年人不必说，就是顶喜欢活动的小孩子们，总也是个个在怀恋的，因为当这中间，有的萝卜、雅儿梨等水果的闲食，还有大年夜、正月初一、元宵等热闹的节期。

但在江南，可又不同；冬至过后，大江以南的树叶，也不至于脱尽。寒风——西北风——间或吹来，至多也不过冷了一日两日。到得灰云扫尽，落叶满街，晨霜白得像黑女脸上的脂粉似的清早，太阳一上屋檐，鸟雀便又在吱叫，泥地里便又放出水蒸气来，老翁小孩就又可以上门前的隙地里去坐着曝背谈天，营屋外的生涯了；这一种江南的冬景，岂不也可爱得很吗？

我生长江南，儿时所受的江南冬日的印象，铭刻特深；虽则渐入中年，又爱上了晚秋，以为秋天正是读读书、写写字的人的最惠节季，但对于江南的冬景，总觉得是可以抵得过北方夏夜的一种特殊情调，说得摩登些，便是一种明朗的情调。

我也曾到过闽粤，在那里过冬天，和暖原极和暖，有时候到了阴历的年边，说不定还不得不拿出纱衫来着；走过野人的篱落，更还看得见许多杂七杂八的秋花！一番阵雨雷鸣过后，凉冷一点；至多也只好换上一件夹衣，在闽粤之间，皮袍棉袄是绝对用不着的；这一种极南的气候异状，并不是我所说的江南的冬景，只能叫它作南国的长春，是春或秋的延长。

江南的地质丰腴而润泽，所以含得住热气，养得住植物；因而长江一带，芦花可以到冬至而不败，红时亦有时候会保持得三个月以上的生命。像钱塘江两岸的乌桕树，则红叶落后，还有雪白的桕子着在枝头，一点一丛，用照相机照将出来，可以乱梅花之真。草色顶多成了赭色，根边总带点绿意，非但野火烧不尽，就是寒风也吹不倒的。若遇到风和日暖的午后，你一个人肯上冬郊去走走，则青天碧落之下，你不但感不到岁时的肃杀，并且还可以饱觉着一种莫名其妙的含蓄在那里的生气；“若是冬天来了，春天也总马上会来”的诗人的名句，只有在江南的山野里，最容易体会得出。

说起了寒郊的散步，实在是江南的冬日，所给予江南居住者的一种特异的恩惠；在北方的冰天雪地里生长的人，是终他的一生，也绝不会有享受这一种清福的机会的。我不知道德国的冬天，比起我们江浙来如何，但从许多作家的喜欢以 Spaziergang 一字来做他们的创造题目的一点看来，大约是德国南部地方，四季的变迁，总也和我们的江南差仿不多。譬如说十九世纪的那位乡土诗人洛在格（Peter Rosegger，1843—1918）吧，他用这一个“散步”做题目的文章尤其写得多，而所写的情形，却又是大半可以拿到中国江浙的山区地方来适用的。

江南河港交流，且又地滨大海，湖沼特多，故空气里时含水分；到得冬天，不时也会下着微雨，而这微雨寒村里的冬霖景象，又是一种说不出的悠闲境界。你试想想，秋收过后，河流边三五家人家会聚在一道的一个小村子里，门对长桥，窗临远阜，这中间又多是树枝杈丫的杂木树林；在这一幅冬日农村的图上，再洒上一层细得同粉也似的白雨，加上一层淡得几不成墨的背景，你说还够不够悠闲？若再要点景致进去，则门前可以泊一只乌篷小船，茅屋里可以添几个喧哗的酒客，天垂暮了，还可以加一味红黄，在茅屋窗中画上一圈暗示着灯光的月晕。人到了这一个境界，自然会得胸襟洒脱起来，终至于得失俱亡，死生不同了；我们总该还记得唐朝那位诗人做的“暮雨潇潇江上树”的一首绝句吧？诗人到此，连对绿林豪客都客气起来了，这不是江南冬景的迷人又是什么？

一提到雨，也就必然地要想到雪：“晚来天欲雪，能饮一杯无？”自然是江南日暮的雪景。“寒沙梅影路，微雪酒香村”，则雪月梅的冬宵三友，会合在一道，在调戏酒姑娘了。“柴门村犬吠，风雪夜归人”，是江南雪夜，更深人静后的景况。“前树深雪里，昨夜一枝开”又到了第二天的早晨，和狗一样喜欢弄雪的村童来报告村景了。诗人的诗句，也许不尽是在江南所写，而做这几句诗的诗人，也许不尽是江南人，但假了这几句诗来描写江南的雪景，岂不直截了当，比我这一枝愚劣的笔所写的散文更美丽得多？

有几年，在江南也许会没有雨没有雪地过一个冬，到了春间阴历的正月底或二月初再冷一冷下一点春雪的；去年（一九三四）的冬天是如此，今年的冬天恐怕也不得不然，以节气推算起来，大约太冷的日子，将在一九三六年的二月尽头，最多也总不过是七八天的样子。像这样的冬天，乡下人叫作旱冬，对于麦的收成或者好些，但是人口却要受到损伤；旱得久了，白喉、流行性感冒等疾病自然容易上身，可是想恣意享受江南的冬景的人，在这一种冬天，倒只会得感到快活一点，因为晴和的日子多了，上郊外去闲步逍遥的机会自然也多；日本人叫作 Hiking，德国人叫作 Spaziergang 狂者，所最欢迎的也就是这样的冬天。

窗外的天气晴朗得像晚秋一样；晴空的高爽，日光的洋溢，引诱得使你在房间里坐不住，空言不如实践，这一种无聊的杂文，我也不再想写下去了，还是拿起手杖，搁下纸笔，上湖上散散步吧！

一九三五年十二月一日

北平的四季

对于一个已经化为异物的故人，追怀起来，总要先想到他或她的好处；随后再慢慢地想想，则觉得当时所感到的一切坏处，也会变作很可寻味的一些纪念，在回忆里开花。关于一个曾经住过的旧地，觉得此生再也不会第二次去长住了，身处入了远离的一角，向这方向的云天遥望一下，回想起来的，自然也同样的只是它的好处。

中国的大都会，我前半生住过的地方，原也不在少数；可是当一个人静下来回想起从前，上海的闹热，南京的辽阔，广州的乌烟瘴气，汉口武昌的杂乱无章，甚至于青岛的清幽，福州的秀丽，以及杭州的沉着，总归都还比不上北京——我住在那里的时候，当然还是北京——的典丽堂皇，幽闲清妙。

先说人的分子吧，在当时的北京——民国十一二年前后——上自军财阀政客名优起，中经学者名人，文士美女教育家，下而至于负贩拉车铺小摊的人，都可以谈谈，都有一艺之长，而无憎人之貌；就是由荐头店荐来的老妈子，除上炕者是当然以外，也总是衣冠楚楚，看起来不觉得会令人讨嫌。

其次说到北京物质的供给哩，又是山珍海错，洋广杂货，以及萝卜白菜等本地产品，无一不备，无一不好的地方。所以在北京住上两三年的人，每一遇到要走的时候，总只感到北京的空气太沉闷，灰沙太暗淡，生活太无变化；一鞭出走，出前门便觉胸舒，过芦沟方知天晓，仿佛一出都门，就上了新生活开始的坦道似的；但是一年半载，在北京以外的各地——除了在自己幼年的故乡以外——去一住，谁也会得重想起北京，再希望回去，隐隐地对北京害起剧烈的怀乡病来。这一种经验，原是住过北京的人，个个都有，而在我自己，却感觉得格外的浓，格外的切。最大的原因或许是为了我那长子之骨，现在也还埋在郊外广谊园的坟山，而几位极要好的知己，又是在那里同时毙命的受难者的一群。

北平的人事品物，原是无一不可爱的，就是大家觉得最要不得的北平的天候，和地理联合上一起，在我也觉得是中国各大都会中所寻不出几处来的好地。为叙述的便利起见，想分成四季来约略地说说。

北平自入旧历的十月之后，就是灰沙满地、寒风刺骨的节季了，所以北平的冬天，是一般人所最怕过的日子。但是要想认识一个地方的特异之处，我以为顶好是当这特异处表现得最圆满的时候去领略；故而夏天去热带，寒天去北极，是我一向所持的哲理。北平的冬天，冷虽则比南方要冷得多，但是北方的生活的伟大幽闲，也只有在冬季，使人感受得最彻底。

先说房屋的防寒装置吧，北方的住屋，并不同南方的摩登都市一样，用的是钢骨水泥，冷热气管；一般的北方人家，总只是矮矮的一所四合房，四面是很厚的泥墙；上面花厅内都有一张暖坑，一所回廊；廊子上是一带明窗，窗眼里糊着薄纸，薄纸内又装上风门，另外就没有什么了。在这样简陋的房屋之内，你只教把炉子一生，电灯一点，棉门帘一挂上，在屋里住着，却一辈子总是暖炖炖像是春三四月里的样子。尤其会得使你感觉到屋内的温软堪恋的，是屋外窗外面呜呜在叫啸的西北风。天色老是灰沉沉的，路上面也老是灰的围障，而从风尘灰土中下车，一踏进屋里，就觉得一团春气，包围在你的左右四周，使你马上就忘记了屋外的一切寒冬的苦楚。若是喜欢吃吃酒、烧烧羊肉锅的人，那冬天的北方生活，就更加不能够割舍；酒已经是御寒的妙药了，再加上以大蒜与羊肉酱油合煮的香味，简直可以使一室之内，涨满了白蒙蒙的水蒸温气。玻璃窗内，前半夜，会流下一条条的清汗，后半夜就变成了花色奇异的冰纹。

到了下雪的时候哩，景象当然又要一变。早晨从厚棉被里张开眼来，一室的清光，会使你的眼睛眩晕。在阳光照耀之下，雪也一粒一粒地放起光来了，蛰伏得很久的小鸟，在这时候会飞出来觅食振翎，谈天说地，吱吱地叫个不休。数日来的灰暗天空， 愁云一扫，忽然变得澄清见底，翳障全无；于是年轻的北方住民，就可以营屋外的生活了，溜冰，做雪人，赶冰车雪车，就在这一种日子里最有劲儿。

我曾于这一种大雪时晴的傍晚，和几位朋友，跨上跛驴，出西直门上骆驼庄去过过一夜。北平郊外的一片大雪地，无数枯树林，以及西山隐隐现现的不少白峰头，和时时吹来的几阵雪样的西北风，所给予人的印象，实在是深刻，伟大，神秘到了不可以言语来形容。直到十余年后的现在，我一想起当时的情景，还会得打一个寒战而吐一口清气，如同在钓鱼台溪旁立着的一瞬间一样。

北国的冬宵，更是一个特别适合于看书，写信，追思过去，与做闲谈说废话的绝妙时间。记得当时我们兄弟三人，都住在北京，每到了冬天的晚上，总不远千里地走拢来聚在一道，会谈少年时候在故乡所遇所见的事事物物。小孩们上床去了，佣人们也都去睡觉了，我们弟兄三个，还会得再加一次煤再加一次煤地长谈下去。有几宵因为屋外面风紧天寒之故，到了后半夜的一两点钟的时候，便不约而同地会说出索性坐坐到天亮的话来。像这一种可宝贵的记忆，像这一种最深沉的情调，本来也就是一生中不能够多享受几次的昙花佳境，可是若不是在北平的冬天的夜里，那趣味也一定不会得像如此的悠长。

总而言之，北平的冬季，是想赏识赏识北方异味者之唯一的机会；这一季里的好处，这一季里的琐事杂忆，若要详细地写起来，总也有一部《帝京景物略》那么大的书好做；我只记下了一点点自身的经历，就觉得过长了，下面只能再来略写一点春和夏以及秋季的感怀梦境，聊作我的对这日就沦亡的故国的哀歌。

春与秋，本来是在什么地方都属可爱的时节，但在北平，却与别地方也有点儿两样。北国的春，来得较迟，所以时间也比较的短。西北风停后，积雪渐渐地消了，赶牲口的车夫身上，看不见那件光板老羊皮的大袄的时候，你就得预备着游春的服饰与金钱；因为春来也无信，春去也无踪，眼睛一眨，在北平市内，春光就会得同飞马似的溜过。屋内的炉子，刚拆去不久，说不定你就马上得去叫盖凉棚的才行。

而北方春天的最值得记忆的痕迹，是城厢内外的那一层新绿，同洪水似的新绿。北京城，本来就是一个只见树木不见屋顶的绿色的都会，一踏出九城的门户，四面的黄土坡上，更是杂树丛生的森林地了；在日光里颤抖着的嫩绿的波浪，油光光，亮晶晶，若是神经系统不十分健全的人，骤然间身入这一个淡绿色的海洋涛浪里去一看，包管你要张不开眼，立不住脚，而昏厥过去。

北京市内外的新绿，琼岛春阴，西山挹翠诸景里的新绿，真是一幅何等奇伟的外光派的妙画！但是这画的框子，或者简直说这画的画布，现在却已经完全掌握在一只满长着黑毛的巨魔的手里了！北望中原，究竟要到哪一日才能够重见得到天日呢?

从地势纬度上讲来，北方的夏天，当然要比南方的夏天来得凉爽。在北平城里过夏，实在是并没有上北戴河或西山去避暑的必要。一天到晚，最热的时候，只有中午到午后三四点钟的几个钟头，晚上太阳一下山，总没有一处不是凉阴阴要穿单衫才能过去的；半夜以后，更是非盖薄棉被不可了。而北平的天然冰的便宜耐久，又是夏天住过北平的人所忘不了的一件恩惠。

我在北平，曾经过过三个夏天；像什刹海、菱角沟、二闸等暑天游耍的地方，当然是都到过的；但是在三伏的当中，不问是白天或是晚上，你只教有一张藤榻，搬到院子里的葡萄架下或藤花荫处去躺着，吃吃冰茶雪藕，听听盲人的鼓词与树上的蝉鸣，也可以一点儿也感不到炎热与熏蒸。而夏天最热的时候，在北平顶多总不过九十四五度，这一种大热的天气，全夏顶多顶多又不过十日的样子。

在北平，春夏秋的三季，是连成一片；一年之中，仿佛只有一段寒冷的时期，和一段比较的温暖的时期相对立。由春到夏，是短短的一瞬间，自夏到秋，也只觉得是过了一次午睡，就有点儿凉冷起来了。因此，北方的秋季也特别地觉得长，而秋天的回味，也更觉得比别处来得浓厚。前两年，因去北戴河回来，我曾在北平过过一个秋，在那时候，已经写过一篇《故都的秋》，对这北平的秋季颂赞过一遍了，所以在这里不想再来重复；可是北平近郊的秋色，实在也正像是一册百读不厌的奇书，使你愈翻愈会感到兴趣。

秋高气爽，风日晴和的早晨，你且骑着一匹驴子，上西山八大处或玉泉山碧云寺去走走看；山上的红柿，远处的烟树人家，郊野里的芦苇黍稷，以及在驴背上驮着生果进城来卖的农户佃家，包管你看一个月也不会看厌。春秋两季，本来是到处好的，但是北方的秋空，看起来似乎更高一点儿，北方的空气，吸起来似乎更干燥健全一点儿。而那一种草木摇落、金风肃杀之感，在北方似乎也更觉得要严肃、凄凉、沉静得多。你若不信，你且去西山脚下，农民的家里或古寺的殿前，自阴历八月至十月下旬，去住它三个月看看。古人的“悲哉秋之为气”以及“胡笳互动，牧马悲鸣”的那一种哀感，在南方是不大感觉得到的，但在北平，尤其是在郊外，你真会得感至极而涕零，思千里兮命驾。所以我说，北平的秋，才是真正的秋；南方的秋天，不过是英国话里所说的 Indian Summer 或叫作小春天气而已。

统观北平的四季，每季每节，都有它的特别的好处；冬天是室内饮食奄息的时期，秋天是郊外走马调鹰的日子，春天好看新绿，夏天饱受清凉。至于各节各季，正当移换中的一段时间哩，又是别一种情趣，是一种两不相连，而又两都相合的中间风味，如雍和宫的打鬼，净业庵的放灯，丰台的看芍药，万牲园的寻梅花之类。

五六百年来文化所聚萃的北平，一年四季无一月不好的北平，我在遥忆，我也在深祝，祝她的平安进展，永久地为我们黄帝子孙所保有的旧都城！

一九三六年五月廿七日

故都的秋

秋天，无论在什么地方的秋天，总是好的；可是啊，北国的秋，却特别地来得清，来得静，来得悲凉。我的不远千里，要从杭州赶上青岛，更要从青岛赶上北平来的理由，也不过想饱尝一尝这“秋”，这故都的秋味。

江南，秋当然也是有的；但草木凋得慢，空气来得润，天的颜色显得淡，并且又时常多雨而少风；一个人夹在苏州上海杭州，或厦门香港广州的市民中间，混混沌沌地过去，只能感到一点点清凉，秋的味，秋的色，秋的意境与姿态，总看不饱，尝不透，赏玩不到十足。秋并不是名花，也并不是美酒，那一种半开、半醉的状态，在领略秋的过程上，是不合适的。

不逢北国之秋，已将近十余年了。在南方每年到了秋天，总要想起陶然亭的芦花，钓鱼台的柳影，西山的虫唱，玉泉的夜月，潭柘寺的钟声。在北平即使不出门去吧，就是在皇城人海之中，租人家一椽破屋来住着，早晨起来，泡一碗浓茶、向院子一坐，你也能看得到很高很高的碧绿的天色，听得到青天下驯鸽的飞声。从槐树叶底，朝东细数着一丝一丝漏下来的日光，或在破壁腰中，静对着像喇叭似的牵牛花（朝荣）的蓝朵，自然而然地也能够感觉到十分的秋意。说到了牵牛花，我以为以蓝色或白色者为佳，紫黑色次之，淡红色最下。最好，还要在牵牛花底，教长着几根疏疏落落的尖细且长的秋草，使作陪衬。

北国的槐树，也是一种能使人联想起秋来的点缀。像花而又不是花的那一种落蕊，早晨起来，会铺得满地。脚踏上去，声音也没有，气味也没有，只能感出一点点极微细极柔软的触觉。扫街的在树影下一阵扫后，灰土上留下来的一条条扫帚的丝纹，看起来既觉得细腻，又觉得清闲，潜意识下并且还觉得有点儿落寞，古人所说的梧桐一叶而天下知秋的遥想，大约也就在这些深沉的地方。

秋蝉的衰弱的残声，更是北国的特产；因为北平处处全长着树，屋子又低，所以无论在什么地方，都听得见它们的啼唱。在南方是非要上郊外或山上去才听得到的。这秋蝉的嘶叫，在北平可和蟋蟀耗子一样，简直像是家家户户都养在家里的家虫。

还有秋雨哩，北方的秋雨，也似乎比南方的下得奇，下得有味，下得更像样。

在灰沉沉的天底下，忽而来一阵凉风，便息列索落地下起雨来了。一层雨过，云渐渐地卷向了西去，天又青了，太阳又露出脸来了；着着很厚的青布单衣或夹袄曲都市闲人，咬着烟管，在雨后的斜桥影里，上桥头树底下去一立，遇见熟人，便会用了缓慢悠闲的声调，微叹着互答着地说：

“唉，天可真凉了——”（这了字念得很高，拖得很长。）

“可不是吗？一层秋雨一层凉了！”

北方人念阵字，总老像是层字，平平仄仄起来，这念错的歧韵，倒来得正好。

北方的果树，到秋来，也是一种奇景。第一是枣子树；屋角，墙头，茅房边上，灶房门口，它都会一株株地长大起来。像橄榄又像鸽蛋似的这枣子颗儿，在小椭圆形的细叶中间，显出淡绿微黄的颜色的时候，正是秋的全盛时期；等枣树叶落，枣子红完，西北风就要起来了，北方便是尘沙灰土的世界，只有这枣子、柿子、葡萄，成熟到八九分的七八月之交，是北国的清秋的佳日，是一年之中最好也没有的 Golden Days。

有些批评家说，中国的文人学士，尤其是诗人，都带着很浓厚的颓废色彩，所以中国的诗文里，颂赞秋的文字特别的多。但外国的诗人，又何尝不然？我虽则外国诗文念得不多，也不想开出账来，做一篇秋的诗歌散文钞，但你若去一翻英德法意等诗人的集子，或各国的诗文的 Anthology 来，总能够看到许多关于秋的歌颂与悲啼。各著名的大诗人的长篇田园诗或四季诗里，也总以关于秋的部分。写得最出色而最有味。足见有感觉的动物，有情趣的人类，对于秋，总是一样的能特别引起深沉、幽远、严厉、萧索的感触来的。不单是诗人，就是被关闭在牢狱里的囚犯，到了秋天，我想也一定会感到一种不能自已的深情；秋之于人，何尝有国别，更何尝有人种阶级的区别呢？不过在中国，文字里有一个“秋士”的成语，读本里又有着很普遍的欧阳子的《秋声》与苏东坡的《赤壁赋》等，就觉得中国的文人，与秋的关系特别深了。可是这秋的深味，尤其是中国的秋的深味，非要在北方，才感受得到底。

南国之秋，当然是也有它的特异的地方的，比如廿四桥的明月，钱塘江的秋潮，普陀山的凉雾，荔枝湾的残荷等，可是色彩不浓，回味不永。比起北国的秋来，正像是黄酒之与白干，稀饭之与馍馍，鲈鱼之与大蟹，黄犬之与骆驼。

秋天，这北国的秋天，若留得住的话，我愿把寿命的三分之二折去，换得一个三分之一的零头。

苏州烟雨记

一

悠悠的碧落，一天一天地高远起来。清凉的早晚，觉得天寒袖薄，要缝件夹衣，更换单衫。楼头思妇，见了鹅黄的柳色，牵情望远，在绸衾的梦里，每欲奔赴玉门关外去。当这时候，我们若走出户外天空下去，老觉得好像有一件什么重大的物事，被我们忘了似的。可不是吗？三伏的暑热，被我们忘掉了哟！

在都市的沉浊的空气中栖息的裸虫！在利欲的争场上吸血的战士！年年岁岁，不知四季的变迁，同鼷鼠似的埋伏在软红尘里的男男女女！你们想发现你们的灵性不想？你们有没有向上更新的念头？你们若欲上空旷的地方，去呼一口自由的空气，一则可以醒醒你们醉生梦死的头脑，二则可以看看那些就快凋谢的青枝绿叶，豫藏一个来春再见之机，那么请你们跟了我来，Und ich，ich Schnuere Den Sack and wandere，我要去寻访伍子胥吹箫吃食之乡，展拜秦始皇求剑凿穿之墓，并想看看那有名的姑苏台苑哩！

“象以齿毙，膏用明煎”，为人切不可有所专好，因为一有了嗜癖，就不得不为所累。我闲居沪上，半年来既无职业，也无忙事，本来只需有几个买路钱，便是天南地北，也可以悠然独往的，然而实际上却是不然。因为自去年同几个同趣味的朋友，弄了几种我们所爱的文艺刊物出来之后，愚蠢的我们，就不得不天天服海儿克儿斯（Hercules）的苦役了，所以九月三日的早晨，决定和友人沈君，乘车上苏州去的时候，我还因有一篇文字没有交出之故，心里只在怦怦地跳动。

那一天（九月三日）也算是一天清秋的好天气。天上虽没有太阳，然而几块淡青的空处，和西洋女子的碧眼一般，在白云浮荡的中间，常在向我们地上的可怜虫密送秋波。不是雨天，不是晴日，若硬要把这一天的天气分出类来，我不管气象台的先生们笑我不笑我，姑且把它叫风云飞舞、阴晴交让的初秋的一日吧。

这一天的早晨，同乡的沈君，跑上我的寓所来说：

“今天我要上苏州去。”

我从我的屋顶下的房里，看看窗外的天空，听听市上的杂噪，忽而也起了一种怀慕远处之情（Sehnsucht nach der Ferne）。九点四十分的时候，我和沈君就摇来摇去地站在三等车中，被机关车搬向苏州去了。

“仙侣同舟！”古人每当行旅的时候，老在心中窃望着这一种艳福。我想人既是动物，无论男女，欲念总不能除，而我既是男人，女人当然是爱的。这一回我和沈君匆促上车，初不料的车上的人是那样拥挤的，后来从后面走上了前面，忽在人丛中听出了一种清脆的笑声来。“明眸皓齿的你们这几位女青年，你们可是上苏州去的吗？”我见了她们的那一种活泼的样子，真想开口问她们一声，但是三千年的道德观和见人就生恐惧的我的自卑狂，只使我红了脸，默默地站在她们身边……

二

我们同车的几个“仙侣”，好像是什么女学校的学生。她们的活泼的样子——使恶魔讲起来就是轻佻——丰肥的肉体——使恶魔讲起来就是多淫——和烂熟的青春，都是神仙应有的条件，但是只有一件，只有一件事情，使我无论如何也不能把她们当作神仙的眷属看。非但如此，为这一件事情的缘故，我简直不能把她们当作我的同胞看。这是什么呢，这便是她们故意想出风头而用的英文的谈话。假使我是不懂英文的人，那么从她们的绯红的嘴唇里滚出来的叽里咕噜，正可以当作天女的灵言听了，倒能够对她们更加一层敬意。假使我是崇拜英文的人，那么听了她们的话，也可以感得几分亲热。但是我偏偏是一个程度与她们相仿的半通英文而又轻视英文的人，所以我的对她们的热意，被她们的谈话一吹几乎吹得冰冷了。世界上的人类，抱着功利主义，受利欲的催眠最深的，我想没有过于英美民族的了。但我们的这几位女同胞，不用《西厢》《牡丹亭》上的说白来表现她们的思想，不把《红楼梦》上言文一致的文字来代替她们的说话，偏偏要选了商人用的这一种有金钱臭味的英语来卖弄风情，是多么煞风景的事情啊！你们即使要用外国文，也应选择那神韵悠扬的法国语，或者更适当一点儿的就该用半清半俗，薄爱民语（La langue des Bohemiens），何以要用这卑俗的英语呢？啊啊，当现在崇拜黄金的世界，也无怪某某女学等卒业出来的学生，不愿为正当的中国人的糟糠之室，而愿意自荐枕席于那些犹太种的英美的下流商人的……

唉唉！风吹水绉，干侬底事，她们在那里贱卖血肉，于我何尤。我且探头出去看车窗外的茂茂的原田、青青的草地和清溪茅舍、丛林旷地吧！

“啊啊，那一道隐隐的飞帆，这大约是苏州河吧！”

我看了那一条深碧的长河，长河彼岸的粘天的短树，和河内的帆船，就叫着问我的同行者沈君，他还没有回答我之先，立在我背后的一位老先生却回答说：

“是的，那是苏州河，你看隐约的中间，不是有一条长堤看得见吗！没有这一条堤，风势很大，是不便行舟的。”

我注目一看，果真在河中看出了一条隐约的长堤来。这时候，在东面车窗下坐着的旅客，都纷纷站起来望向窗外去。我把头朝转来一望，也看见了一个汪洋的湖面，起了无数的清波，在那里汹涌。天上黑云遮满了，所以湖面也只似用淡墨涂成的样子。湖的东岸，也有一排矮树，同凸出的雕刻似的，以阴沉灰黑的天空作了背景，在那里作苦闷之状。我不晓是什么理由，硬想把这一排沿湖的列树，断定是白杨之林。

三

车过了阳澄湖，同车的旅客，大家不向车的左右看而注意到车的前面去，我知道苏州就不远了。等苏州城内的一枝尖塔看得出来的时候，几位女学生，也停住了她们的黄金色的英语，说了几句中国话。

“苏州到了！”

“可惜我们不能下去！”

“But we well come in the winter.”

她们操的并不是柔媚的苏州音，大约是南京的学生吧。也许是上北京去的，但是我知道了她们不能同我一道下车，心里却起了一种微微的失望。

“女学生诸君，愿你们自重，愿你们能得着几位金龟佳婿，我要下车去了。”

心里这样地讲了几句，我等着车停之后，就顺着了下车的人流，也被他们推来推去地推下了车。

出了车站，马路上站了一忽，我只觉得许多穿长衫的人，路的两旁停着的黄包车、马车、车夫和驴马，都在灰色的空气里混战。跑来跑去的人的叫唤，一个钱两个钱的争执，萧条的道旁的杨柳、黄黄的马路和在远处看得出来的一道长而且矮的土墙，便是我下车在苏州得着的最初的印象。

湿云低垂下来了。在上海动身时候看得见的几块青淡的天空也被灰色的层云埋没煞了。我仰起头来向天空一望，脸上早接受了两三点冰冷的雨点。

“危险危险，今天的一场冒险，怕要失败。”

我对在旁边站着的沈君这样讲了一句，就急忙招了几个马车夫来问他们的价钱。

我的脚踏苏州的土地，这原是第一次。沈君虽已来过一两回，但是那还是前清太平时节的故事，他的记忆也很模糊了。并且我这一回来，本来是随人热闹，偶尔发作的一种变态旅行，既无作用，又无目的的，所以马夫问我“上哪里去？”的时候，我想了半天，只回答了一句：“到苏州去！”究竟沈君是深于世故的人，看了我的不知所措的样子，就不慌不忙地问马车夫说：

“到府门去多少钱？”

好像是老熟的样子。马车夫倒也很公平，第一声只要了三块大洋。我们说太贵，他们就马上让了一块，我们又说太贵，他们又让了五角。我们又试了试说太贵，他们却不让了，所以就在一乘开口马车里坐了进去。

起初看不见的微雨，愈下愈大了，我和沈君坐在马车里，尽在野外的一条马路上横斜地前进。青色的草原，疏淡的树林，蜿蜒的城墙，浅浅的城河，变成这样，变成那样的在我们面前交换。醒人的凉风，休休地吹上我的微热的面上，和嗒嗒的马蹄声，在那里合奏交响乐。我一时忘记了秋雨，忘记了在上海剩下的未了的工作，并且忘记了半年来失业困穷的我，心里只想在马车上作独脚的跳舞，嘴里就不知不觉地念出了几句独脚跳舞的歌来：

秋在何处，秋在何处？
在蟋蟀的床边，在怨妇楼头的砧杵，
你若要寻秋，你只须去落寞的荒郊行旅，
刺骨的凉风，吹消残暑，
漫漫的田野，刚结成禾黍，
一番雨过，野路牛迹里贮着些儿浅渚，
悠悠的碧落，反映在这浅渚里容与，
月光下，树林里，萧萧落叶的声音，便是秋的私语。

我把这几句词不像词，新诗不像新诗的东西唱了一回，又向四边看了一回，只见左右都是荒郊，前面只是一条没有尽头的长路，所以心里就害怕起来，怕马夫要把我们两个人搬到杳无人迹的地方去杀害。探头出去，大声地喝了一声：

“会！你把我们拖上什么地方去？”

那狡猾的马夫，突然吃了一惊，噗地从那坐凳上跌下来，他的马一时也惊跳了一阵，幸而他虽跌倒在地下，他的马缰绳，还牢捏着不放，所以马没有逃跑。他一边爬起来，一边对我们说：

“先生！老实说，府门是送不到的，我只能送你们上洋关过去的密度桥上。从密度桥到府门，只有几步路。”

他说的是没有丈夫气的苏州话，我被他这几句柔软的话声一说，心已早放下了，并且看看他那五十来岁的面貌，也不像杀人犯的样子，所以点了一点头，就由他去了。

马车到了密度桥，我们就在微雨里走了下来，上沈君的友人寄寓在那里的葑门内的严衙前去。

四

进了封建时代的古城，经过了几条狭小的街巷，更越过了许多环桥，才寻到了沈君的友人施君的寓所。进了葑门以后，在那些清冷的街上，所得着的印象，我怎么也形容不出来。上海的市场，若说是二十世纪的市场，那么这苏州的一隅，只可以说是十八世纪的古都了。上海的杂乱的情形，若说是一个 Busy Part，那么苏州只可以说是一个 Sleepy Town 了。总之阊门外的繁华，我未曾见到，专就我于这葑门里一隅的状况看来，我觉得苏州城，竟还是一个浪漫的古都，街上的石块，和人家的建筑，处处的环桥河水和狭小的街衢，没有一件不在那里夸示过去的中国民族的悠悠的态度。这一种美，若硬要用近代语来表现的时候，我想没有比“颓废美”的三字更适当的了。况且那时候天上又飞满了灰黑的湿云，秋雨又在微微地落下。

施君幸而还没有出去，我们一到他住的地方，他就迎了出来，沈君为我们介绍的时候，施君就慢慢地说：

“原来就是郁君吗？难得难得，你做的那篇……我已经拜读了，失意人谁能不同声一哭！”

原来施君是我们的同乡，我被他说得有些羞愧了，想把话头转一个方向，所以就问他说：

“施君，你没有事吗？我们一同去吃饭吧。”

实际上我那时候，肚里也觉得非常饥饿了。

严衙前附近，都是钟鸣鼎食之家，所以找不出一家菜馆来。没有方法，我们只好进一家名锦帆榭的茶馆，托茶博士去为我们弄些酒菜来吃。因为那时候微雨未止，我们的肚里却响得厉害，想想饿着肚在微雨里奔跑，也不值得，所以就进了那家茶馆——一则也因为这家茶馆的名字不俗——打算坐它一两个钟头，再作第二步计划。

古语说得好：“有志者事竟成！”我们在锦帆榭的清淡的中厅桌上，喝喝酒，说说闲话，一天微雨，竟被我们的意志力，催阻住了。

初到一个名胜的地方，谁也同小孩子一样，不愿意悠悠地坐着的，我一见雨止，就促施君沈君，一同出了茶馆，打算上各处去逛去。从清冷修整狭小的卧龙街一直跑将下去，拐了一个弯，又走了几步，觉得街上的人和两旁的店，渐渐儿地多起来，繁盛起来，苏州城里最多的卖古书、旧货的店铺，一家一家地少了下去，卖近代的商品的店家，逐渐惹起我的注意来了，施君说：

“玄妙观就要到了，这就是观前街。”

到了玄妙观内，把四面的情形一看，我觉得玄妙观今日的繁华，与我空想中的境状大异。讲热闹赶不上上海午前的小菜场，讲怪异远不及上海城内的城隍庙，走尽了玄妙观的前后，在我脑里深深印入的印象，只有两个，一个是三五个女青年在观前街的一家箫琴铺里买箫，我站到她们身边去对她们呆看了许久，她们也回了我几眼。一个玄妙观门口的一家书馆里，有一位很年轻的学生在那里买我和我朋友共编的杂志。除这两个深刻的印象外，我只觉得玄妙观里的许多茶馆，是苏州人的风雅的趣味的表现。

早晨一早起来，就跑上茶馆去。在那里有天天遇见的熟脸。对于这些熟脸，有妻子的人，觉得比妻子还亲而不狎，没有妻子的人，当然可把茶馆当作家庭，把这些同类当作兄弟了。大热的时候，坐在茶馆里，身上发出来的一阵阵的汗水，可以以口中咽下去的一口口的茶去填补。茶馆内虽则不通空气，但也没有火热的太阳，并且张三李四的家庭内幕和东洋中国的国际闲谈，都可以消去逼人的盛暑。天冷的时候，坐在茶馆里，第一个好处，就是现成的热茶。除茶喝多了，小便的时候要起冷痉之外，吞下几碗刚滚的热茶到肚里，一时却能消渴消寒。贫苦一点的人，更可以借此熬饥。若茶馆主人开通一点，请几位奇形怪状的说书者来说书，风雅的茶客的兴趣，当然更要增加。有几家茶馆里有几个茶客，听说从十几岁的时候坐起，坐到五六十岁死时候止，坐的老是同一个座位，天天上茶馆来一分也不迟，一分也不早，老是在同一个时间。非但如此，有几个人，他自家死的时候，还要把这一个座位写在遗嘱里，要他的儿子天天去坐他那一个遗座。近来百货店的组织法应用到茶业上，茶馆的前头，除香气烹人的“火烧”“锅贴”“包子”“烤山芋”之外，并且有酒有菜，足可使茶客一天不出外而不感得什么缺憾……所以盲目的外国人，你们若要来调查中国的事情，你们只须上茶馆去调查就是，你们要想来管理中国，也须先去征得各茶馆里的茶客的同意，因为中国的国会所代表的，是中国人的劣根性无耻与贪婪，这些茶客所代表的倒是真真的民意哩！

五

出了玄妙观，我们又走了许多路，去逛遂园，遂园在苏州，同我在上海一样，有许多人还不晓得它的存在。从很狭很小的一个坍败的门口，曲曲折折走尽了几条小弄，我们才到了遂园的中心。苏州的建筑，以我这半日的经验讲来，进门的地方，都是狭窄芜废，走过几条曲巷，才有轩敞华丽的屋宇。我不知这一种方式，还是法国大革命前的民家一样，为避税而想出来的呢？还是为唤醒观者的观听起见，用修辞学上的欲扬先抑的笔法，使能得着一个对称的效力而想出来的？

遂园是一个中国式的庭园，有假山有池水有亭阁，有小桥也有几枝树木。不过各处的坍败的形迹和水上开残的荷花荷叶，同暗淡的天气合作一起，使我感到了一种秋意，使我看出了中国的将来和我自家的凋零的结果。啊！遂园吓遂园，我爱你这一种颓唐的情调！

在荷花池上的一个亭子里，喝了一碗茶，走出来的时候，我们在正厅上却遇着了许多穿轻绸绣缎的绅士淑女，静静地坐在那里喝茶咬瓜子，等说书者的到来。我在前面说过的中国人的悠悠的态度，和中国的亡国的悲壮美，在此地也能看得出来。啊啊，可怜我为人在客，否则我也挨到那些皮肤嫩白的太太小姐们的边上去静坐了。

出了遂园，我们因为时间不早，就劝施君回寓。我与沈君在狭长的街上飘流了一会儿，就决定到虎丘去。

（此稿执笔者因病中止）

杭江小历纪程

一九三三年十一月九日，星期四，晴爽。

前数日，杭江铁路车务主任曾荫千氏，介友人来谈，意欲邀我去浙东遍游一次，将耳闻目见的景物，详告中外之来浙行旅者，并且通至玉山之路轨，已完全接就，将于十二月底通车，同时路局刊行旅行指掌之类的书时，亦可将游记收入，以资救济 Baedeker 式的旅行指南之干燥。我因来杭枯住日久，正想乘这秋高气爽的暇时，出去转换转换空气，有此良机，自然不肯轻易放过，所以就与约定于十一月九日渡江，坐夜车起行。

午后五时，赶到三廊庙江边，正夕阳暗暖、萧条垂暮的时候。在码头稍待，知约就之陈万里郎静山二先生，因事未来。登轮渡江，尚见落日余晖，荡漾在波头山顶，就随口念出了“落日半江红欲紫，几星灯火点西兴”的两句打油腔。渡至中流，向大江上下一展望，立时便感到了一种莫名其妙的愉快，大约是因近水遥山，视界开阔了的缘故；“心旷神怡”的四字在这里正可以适用，向晚的钱塘江上，风景也正够得人留恋。

到江边站晤曾主任，知陈、郎二先生，将于十七日来金华，与我们会合，因五泄、北山诸处，陈先生都已到过，这一回不想再去跋涉，所以夜饭后登车，车座内只有我和曾主任两人而已。

两人对坐着，所谈者无非是杭江路的历史和经营的苦心之类。

缘该路的创设，本意是在开发浙东；初拟的路线，是由杭州折向西南，遵钱塘江左岸，经富阳、桐庐、建德、兰溪、龙游、衢县、江山而达江西之玉山，以通信江，全线约长三百零五公里。后因大江难越，山洞难开，就改成了目下的路线，自钱塘江右岸西兴筑起，经萧山、诸暨、义乌、金华、汤溪、龙游、衢县、江山，仍至江西之玉山，计长三百三十三公里；又由金华筑支线以达兰溪，长二十二公里。建筑经费，因鉴于中央财政之拮据，就先由地方设法，暂作为省营的铁路。省款当然也不能应付，所以只能向管理中英庚款董事会及沪杭银行团等商借款项，以资挹注。正唯其资本筹借之不易，所以建筑、设备等事项，也不得不力谋省俭，勉求其成。计自民国十八年（1929 年）筹备开始以来，因省政府长官之更易而中断之年月也算在内，仅仅于两三年间，筑成此路。而每公里之平均费用，只三万余元，较之各国有铁路，费用相差及半，路局同人的苦心计划，也真可以佩服的了。

江边七点过开车，达诸暨是在夜半十点左右。车站在城北两三里的地方，头一夜宿在诸暨城内。

诸暨　五泄

十一月十日，星期五，晴快。

昨晚在夜色微茫里到诸暨，只看见了些空空的稻田，点点的灯火，与一大块黑黝黝的山影。今晨六时起床，出旅馆门，坐黄包车去五泄，虽只晨光晞暝，然已略能辨出诸暨县（今为市）城的轮廓。城西里许有一大山障住，向西向南，余峰绵亘数十里，实为胡公台，亦即所谓长山者是。长山之所以称胡公台者，因长山中之一峰陶朱山头，有一个胡公庙在，是祀明初胡大将军大海的地方。五泄在县西六十里，属灵泉乡，所以我们的车子，非出北门，绕过胡公台的山脚，再朝西去不行。

出城将十里，到陶山乡的十里亭，照例黄包车要验票，这也是诸暨特有的一种组织。因为黄包车公司，是一大集股的民营机关，所有乡下的行车道路，全系由这公司所修筑；车夫只须觅保去拉，所得车资，与公司分拆，不拉休息者不必出车租；所以坐车者，要先向公司去照定价买票，以后过一程验一次，虽小有耽搁，但比之上海杭州各都市的讨价还价，却简便得多。过陶山乡，太阳升高了，照出了五色缤纷的一大平原，乌桕树刚经霜变赤，田里的二次迟稻——大半是糯谷——有的尚未割起，映成几片金黄，远近的小村落，晨炊正忙，上面是较天色略白的青烟，而下面却是受着阳光带一些些微红的白色高墙。长山的连峰，缭绕在西南，北望青山一发，牵延不断，按县志所述，应该是杭乌山的余脉，但据车夫所说，则又是最高峰鸡冠山拖下来的峰峦。

从十里亭起，八里过大唐庙，四里过福缘桥，桥头有合溪亭，一溪自五泄西来，一溪又自南至，到此合流。又三里到草塔，是一大镇，尽可以抵得过新登之类的小县城，市的中心，建有数排矮屋，为乡民集市之所，形状很像大都市内的新式菜场。草塔居民多赵姓，所以赵氏宗祠，造得很大，市上当然又有一验票处。过此是五泉庵，遥望杨家溇塔，数里到避水岭，已经是五泄的境界了。

避水岭上，有一个庙，庙外一亭，上书“第一峰”三字。岭下北面，就是五泄溪。登岭西望，低洼处，又成一谷，五泄的胜景，到此才稍稍露出了面目；因为过岭的一条去路，是在山边开出，向右手下望谷中，有红树青溪，像一个小小的公园。岭西山脚下，兀立着一块岩石，状似人形……

大约县志上所说的留仙石，上镌有“谢元卿结茅处”六字的地方，总约略在这一块石壁的近旁。

自第一峰——避水岭——起，西行多小山，过一程，就是一环山，再过一程，又是一个阪；人家点点，山影重重，且时常和清流澈底的五泄溪或合或离，令人有重见故人之感。过西墙弄的桥边，至里坞下来，眼界又一广；经徐家山下，到青口镇，黄包车就不能走了，自青口至五泄的十余里，因为溪水纵横，山路逼仄，车路不很容易修建，所以再往前进，就非步行或坐轿子不可。

自青口去，渡溪一转弯，就到夹岩。两壁高可百丈，兀立在溪的南北，一线清溪，就从这岩层很清的绝壁底下流过。仰起来看看岩头，只觉得天的小，俯下去看看水，又觉得溪的颜色有点清里带黑，大约是岩壁过高，壁影覆在水面上的缘故。我虽则没有到过来茵、多瑙的河边，但立在夹岩中间，回头一望，却自然而然地想起了学习德文的时候，在海涅的名诗《洛米拉兮》篇下印在那里的那张美国课本上的插画。

夹岩北壁中，有一个大洞，洞中间造了一个庙，这庙的去路，是由夹岩寺后的绝壁中间开凿出来的，我们爬了半天，滑跌了几次，手里各捏了两把冷汗，几乎喘息到回不过气来，才到了洞口；到洞一望，方觉悟到这一次爬山的真不值得。因为从谷底望来，觉得这洞是很高，但到洞来一看，则头上还是很高的石壁，而对面的那块高岩，依旧同照壁似的障在目前，展望不灵，只看见了几丝在谷底里是很不容易见到的日光而已。

从夹岩西北进，两三里路中间，是五泄的本山了；一步一峰，一转一溪，山峰的尖削，奇特，深幽，灵巧，从我所经历过的山水比较起来，只有广东肇庆以西的诸峰岩，差能和它们比比，但秀丽怕还不及几分。

好事的文人，把五泄的奇岩怪石，一枝枝都加上了一个名目，什么石佛岩啦，檀香窟啦，朝阳峰，碧玉峰，滴翠峰，童子峰，老人峰，狮子峰，卓笔峰，天柱峰，棋盘峰，……峰啦，多到七十二峰，二十五岩，一洞，三谷，十石，等等。真像是小学生的加法算学课本，我辨也辨不清，抄也抄不尽了，只记一句从前徐文长有一块石碣，刻着“七十二峰深处”的六字，嵌在五泄永安禅寺的壁上——现在这石碣当然是没有了——其余的且由来游的人自己去寻觅拟对吧！

五泄寺，就是永安禅寺，照志书上说，是唐元和三年灵默禅师之所建。后来屡废屡兴，名字也改了几次，这些考据家的专门学问，我们只能不去管它；可是现在的寺的组织，却真有点奇怪。寺里的和尚并不多，吃肉营生——造纸种田——同俗人一点儿也没有分别，只少了几房妻妾，不生小孩，买小和尚来继承的一事，和俗人小有不同。当家和尚，叫作经理，我们问知客的那位和尚以经理僧在哪里呢，他又回答说：上市去料理事务去了。寺的规模虽大，但也都坍败得可以，大雄宝殿，山门之类，只略具雏形，唯独所谓官厅的那一间客厅，还整洁一点，上面挂着有一块刘墉写的“双龙湫室”的旧匾，四壁倒也还有许多字画挂在那里。

在客厅西旁的一间小室里吃过饭后，和尚就陪我们去看五泄；所谓五泄者，就是五个瀑布的意思，土人呼瀑布为泄，所以有这一个名称，最下的第五泄，就在寺后西北的坐山脚下，离寺约有三百多步样子，高一二十丈，宽只一两丈，因为天晴得久了，泄身不广，看去也只是一个平常的瀑布而已。奇怪的是在这第五泄上面的第一、二、三、四各泄，一道溪泉，从北面西面直流下来，经过几折山岩，就各成了样子、水量、方向各不相同的五个瀑布。

我们爬山过岭，走了半天，才看见了一、二、三的三个瀑布，第四泄却怎么也看不到。凡不容易见到的东西，总是好的，所以游客，各以见到了第四泄为夸，而徐霞客、王思任等做的游记，也写得它特别的好而不易攀登。总之，五泄原是奇妙，可是五泄的前后上下，一路上的山色溪光，我觉得更是可爱。至如西龙潭——我们所去的地方，即五泄所在之处，名东龙潭——的更幽更险，第一泄上刘龙子庙前的自成一区，北上山巅，站在响铁岭岭头眺望富阳紫阆的疏散高朗，那又是锦上之花、弦外之音了，尤其是寺前去西龙潭的这一条到浦江的路上的风光，真是画也画不出来，写也写不尽言的。

上面曾说起了刘龙子的这一个名字，所谓刘龙坪者，是五泄山中的一区特异的世外桃源。坪上平坦，有十几二十亩内外的广阔，但四周围却都是高山，是山上之山，包围得紧紧贴贴；一道溪泉，从山后的紫阆流来，由北向西向南，复折回来，在坪下流过，成了第一泄的深潭；到了这里，古人的想象力就起了作用，创造出神话来了；万历《绍兴府志》说：

> 晋时刘姓一男子，钓如五泄溪，得骊珠吞之，化龙飞去，人号刘龙子，其母墓在撞江石山，每清明龙子来展墓，必风雨晦暝；墓上松两株，至今奇古可爱，相传为龙子手植云。

同这一样的传说，凡在海之滨，山之瀑，与夫湖水江水深大的地方，处处都有，所略异者，只名姓年代及成龙的原因等稍有变易而已。

我们因为当天要赶到县城，以后更有至闽边赣边去的预定，所以在五泄不能过夜，只走马看花，匆匆看了一个大概；大约穷奇探胜，总要三五日的工夫，在五泄寺打馆方行，这么一转，是不能够领略五泄的好处的。出寺从原路回来，从青口再坐黄包车跑回县治，已经是暗夜的七点钟了；这一晚又在原旅馆住了一宵。

诸暨 苎萝村

十一月十一日，星期六，晴朗如前。

昨夜因游倦了，并去诸暨城隍庙国货商场的游艺部看了一些戏，所以起来稍迟。去金华的客车，要近午方开，八点钟起床后，就出南门上苎萝山去偷闲一玩。山城行一两里，在五湖闸之下，有一小山，当浦阳江的西岸，就是白阳山的支峰苎萝山，山西北面的苎萝村，是今古闻名的美人西施的生地。有人说，西施生在江的东面金鸡山下郑姓家，系由萧山迁来的客民之女，外祖母在江的西面姓施，西施寄住在外祖母家，所以就生长在苎萝村里。幼时常在江边浣纱，至今苎萝山下，江边石上，还有晋王羲之写的“浣纱”两字，因此，这一段江就名作浣纱溪。古今来文人墨客，题诗的题诗，考证的考证，聚讼纷纭，到现在也还没有一个判决，妇人的有关国运，易惹是非，类都如此。

苎萝山，系浣纱江上的一枝小山，溪水南折西去，直达浦江，东面隔江望金鸡山，对江可以谈话。苎萝山上进口处有“古苎萝村”四字的一块小木牌坊，进去就是西施庙，朝东面江，南面新建一阁，名北阁，中供西施石刻像一尊。经营此庙者，为邑绅清孝廉陈蔚文先生，庙中悬挂着的匾额对联石刻之类，都是陈先生的手笔。最妙者，是几块刻版的拓本，内载乩盘开沙时，西施降坛的一段自白，辩西施如何的忠贞两美，与夫范蠡献西施，途中历三载生子及五湖载去等事的诬蔑不通。庙前有洋楼三栋，本为图书馆，现在却已经锁起不开了。

管西施庙的，是一位中老先生。这位先生，是陈氏的亲戚，很能经营。陪我们入座之后，献茶献酒，殷勤得不得了；最后还拿出几张纸来，要我们留一点墨迹。我于去前山看了未完成的烈士墓及江边镌有“浣纱”两字的浣纱石后，就替他写了一副对、一张立轴。对子上联是定公诗“百年心事归平淡”，下联是一句柳亚子先生题我的《薇蕨集》的诗：“十载狂名换苎萝”。亚子一生，唯慕龚定庵的诡奇豪逸，而我到此地，一时也想不出适当的对句，所以勉强拉拢了事，就集成了此联。立轴上写的，是一首急就的绝句：

五泄归来又看溪，浣纱遗迹我重题，
陈郎多事搜文献，施女何妨便姓西。

暗中盖也有一点故意在和陈先生捣乱的意思。

玩苎萝山回来，十一点左右上杭江路客车，下午三点前，过义乌。车路两旁的青山沃野，原美丽得不可以言喻，就是在义乌的一段，夕阳返照，红叶如花，农民驾驶黄牛在耕种的一种风情，也很含有着牧歌式的画意；倚窗呆望，拥鼻微吟，我就哼出了这样的二十八字：

骆丞草檄气堂堂，杀敌宗爷更激昂，
别有风怀忘不得，夕阳红树照乌伤。

骆宾王，宗泽，都是义乌人。而义乌金华一带系古乌伤地，是由秦孝子颜乌的传说而来的地名。

下午三点过，到金华，在金华双溪旁旅馆内宿，访旧友数辈，明日约共去北山。

金华 北山

十一月十二日，星期日，晴。

金华的地势，实在好不过。从浙江来说，它差不多是坐落在中央的样子。山脉哩，东面是东阳义乌的大盆山的余波，为东山区域；南接处州，万山重叠，统名南山；西面因有衢港钱塘江的水流密布，所以地势略低；金华江蜿蜒西行，合于兰溪，为金华的唯一出口，从前铁道未设的时候，兰溪就是七省通商的中心大埠。北面一道屏障，自东阳大盆山而来，绵亘三百余里，雄镇北郊，遥接着全城的烟火，就是所谓金华山的北山山脉了。

北山的名字，早就在我的脑里萦绕得很熟，尤其是当读《宋学师承》及《学案》诸书的时候，遥想北山的幽景，料它一定是能合我们这些不通世故的蠹书虫口味的。所以一到金华，就去访北山整理委员会的诸公，约好于今日侵晨出发；绳索、汽油灯、火炬、电筒、食品之类，统托中国旅行社的姜先生代为办好，今早出迎恩门北去的时候，七点钟还没有敲过。

北山南面的支峰距城只二十里左右，推算起北山北面的山脚，大约总在七八十里以外了；我们一出北郊，腰际被晓烟缠绕着的北山诸顶，就劈面迎来，似在监视我们的行动。芙蓉峰尖若锥矢，插在我们与北山之间，据说是县治的主脉。十里至罗店，是介在金华与北山正中的一大村落。居民于耕植之外，更喜莳花养鹿，半当趣味，半充营业，实在是一种极有风趣的生涯。花多株兰，茉莉，剑兰，亦栽佛手；据村中人说，这些植物，非种入罗店之泥不长，非灌以双龙之泉不发，佛手树移至别处，就变作一拳，指爪不分了。

自罗店至北山，还有十里，渐入山区，且时时与自双龙洞流出的溪水并行；路虽则崎岖不平，但风景却同嚼蔗近根时一样，渐渐地加上了甜味。到华溪桥，就已经入了山口，右手一峰，于竹叶枫林之内，时露着白墙黑瓦，山顶上还有人家。导游者北山整理委员黄君志雄，指示着说：

“这就是白望峰，东下是鹿田，相传宋玉女在这近边耕稼，畜鹿，能入城市贸易，村民邀而杀之，鹿遂不返，玉女登峰白望，因有此名，玉女之坟，现在还在。”

这真是多么美丽的传说啊！一个如花的少女，一只驯良的花鹿，衔命入城，登峰遥望，天色晚了，鹿不回来，一声声的愁叹，一点点的泪痕，最后就是一个抑郁含悲的死！

过白望峰后，路愈来愈窄，亦愈往上斜，一面就是万丈的深溪，有几处泡沫飞溅，像六月里的冰花；溪里面的石块，也奇形怪状，圆滑的圆滑，扁平的扁平，我想若把它们搬到了城里，则大的可以镶嵌作屏风装饰，小的也可以做做小孩的玩物。可是附近的居民，于见惯之后，倒也并不以为稀奇了。沿溪入山，走了一两里的光景，就遇着了一块平地，正当溪的曲处；立在这一块地上，东西北三面的北山苍翠，自然是接在眉睫之间，向南远眺，且可以看见南山的一排青影，北山整理委员会的在此建佛寿亭，识见也真不错；只亭未落成，不能在亭上稍事休息，却是恨事。从这里再往前进，山路愈窄亦愈曲，不及两里，就到了洞口的小村，双龙洞离这村子，只有百余步路了，我们总算已经到了我们的目的地点。

北山长三百余里，东西里外数十余峰，溪涧，池泉，瀑布，山洞，不计其数；但为一般人所称道，凡游客所必至，与夫北山整理委员会第一着着手整理之处，就是道书所说的“第三十六洞天”的朝真，冰壶，双龙的山洞。三洞之中，朝真最大，亦最高，洞系往上斜着，非用梯子，不能穷其底，中为冰壶，下为双龙。

我们到双龙洞，已将十一点钟。外洞高二十余丈，广深各十余丈，洞口极大，有东西两口，所以洞内光线明亮，同在屋外一样。整理委员会正在动工修理，并在洞旁建造金华观，洞中变成了作场的样子；看了些碑文、石刻之后，只觉得有点伟大而已，另外倒也说不出什么的奇特。洞中间，有一道清泉流出，岁旱不涸，就是所谓双龙泉水，溯泉而进，是内洞了。

原来这一条泉水，初看似乎是从地底涌出来似的，水量极大；再仔细一看，则泉上有一块绝大的平底岩石覆在那里，离水面只数寸而已。用了一只浴盆似的小木船，人直躺在船底，请工人用绳索从水中岩石底推挽过去，岩石几乎要擦伤鼻子，推进一两丈路，岩石尽，而大洞来了，洞内黑到了能见夜光表的文字，这就是里洞。

里洞高大和外洞差仿不多，四壁琳琅，都是钟乳岩石；点上汽油灯一照，洞顶有一条青色一条黄色的岩纹突起，绝像平常画上的龙，龙头龙爪龙身，和画丝毫不爽，青龙自东北飞舞过来，黄龙自西北蜿蜒而至。向西钻过由钟乳石结成的一道屏壁间的小门，内进曲折，有一里多深；两旁石壁，青白黄色的都有，形状也歪斜迭皱，有像象身的，有像狮子的，有像凤尾的，有像千缕万线的女人的百褶裙的，更有一块大石像乌龟的；导游的黄君，一一都告诉我了些名字，可惜现在记不清了。这里洞内一里多深的路，宽广处有三五丈，狭的地方，也有一两丈。沿外壁是一条溪泉，水声淙淙，似在奏乐；更至一处离地三尺多高的小岩穴旁，泉水直泻出来，形成了一个盆景里的小瀑布。洞的底里，有一处又高又圆方的石室，上视室顶，像一个钟乳石的华盖，华盖中央，下垂着一个球样的皱纹岩。

这里洞的两壁，唐宋人的题名石刻很多，我所见到的，以庆历四年的刻石为最古。石室内的岩上，且有明万历年间游人用墨写的“卧云”两字题在那里，墨色鲜艳，大家都疑它是伪填年月的，但因洞内空气不流通，不至于风化，或者是真的也很难说。清人题壁，则自乾隆以后，绝对没有了，盖因这里洞，自那时候起，为泥沙淤塞了的缘故。这一次旧洞新辟，我们得追徐霞客之踪，而来此游览者，完全要感谢北山整理委员会各委员的苦心经营，而黄委员志雄的不辞劳瘁，率先入洞，致有今日，功尤不小。

在洞里玩了一个多钟头，拓了两张庆历四年的题名石刻，就出来在外洞中吃午饭；饭后更上山，走了两三百步，就到了中洞的冰壶洞口。

冰壶洞，口极小，俯首下视，只在黑暗中看得出一条下斜的绝壁和乱石泥沙。弓身从洞口爬入，以长绳系住腰际，滑跌着前行，则愈下愈难走，洞也愈来得高大。

前行五六十步，就在黑暗中听得出水声了，再下去三四十步，脸上就感得到点点的飞沫。再下降前进三五十步，洞身忽然变得极高极大，飞瀑的声音，振动得耳膜都要发痒。瀑布约高十丈左右，悬空从洞顶直下，瀑身下广，瀑布下也无深潭，也无积水，所以人可以在瀑布的四周围行走。走到瀑布的背后，旋转身来，透过瀑布，向上向外一望，则洞口的外光，正射着瀑布，像一条水晶的帘子，这实在是天下的奇观，可惜下洞的路不便，来游者都不能到底，一看这水晶帘的绝景。

总之冰壶洞像一只平常吃淡芭菇的烟斗，口小而下大。在底下装烟的烟斗正中，又悬空来了一条不靠石壁流下的瀑布。人在大烟斗中走上瀑布背后，就可以看见烟嘴口的外光。瀑布冲下，水全被沙石吸去，从沙石中下降，这水就流出下面的双龙洞底，成为双龙泉水的水源。

因为在冰壶洞里跌得全身都是烂泥沙渍，并且脚力也不继了，所以最上面的朝真洞没有去成。据说三洞之中，以朝真洞为最大，但系一层一层往上进的，所以没有梯子，也难去得。我想山的奇伟处，经过了冰壶双龙的两洞，也总约略可以说说了，舍朝真而不去，也并没有什么大的遗憾。

在北山回来的路上，我们又折向了东，上芙蓉峰西的凤凰山智者寺去看了一回陆放翁写的《重修智者广福禅寺碑记》。碑面风化，字迹已经有一大半剥落，唯碑后所刻的陆务观致智者玘公禅师手牍，还有几块，尚辨认得清。寺的衰颓坍毁，和徐霞客在《游记》里所说的情形一样；三百年来，这寺可又经过了一度沧桑了。

北山的古迹名区，我们只看了十分之一，单就这十分之一来说，可已经是奇特得不得了了；但愿得天下太平，身体康健，北山整理会诸公工作奋进，则每岁春秋佳日，当再约伴重来，可以一尽鹿田、盘泉、讲堂洞、罗汉洞、卧羊山、赤松山、洞箬山、白兰山诸地的胜概。

兰溪 横山

十一月十三日，星期一，晴快。

昨晚因游北山倦了，所以早睡，半夜梦醒，觉得是身睡在山洞的中间，就此一点，也可以证明山洞给我的印象的深刻。

晨起匆匆整装，上车站坐轨道汽车去兰溪。走了个把钟头，车只是在沿了北山前进，盖金华山的西头，要到兰溪才尽，而东头的金华山，则已于前日自诸暨来金华时火车绕过。此次南来，总算绕了金华山一匝，虽然事极平常，但由我这初次到浙东来游的野人看来，却也可以同小孩子似的向人夸说了。

在兰溪吃过午饭，就出西门江边，雇了一只小船，划上隔江西南面的横山兰阴寺去。

这横山并不高，也不长，状似棱形，从东面兰溪市上看来，一点儿也没有什么可取，但身到了此山，在东头灵源庙前上船，绕过南面一条沿江的山道，到兰阴寺前的小峰上去一望，就觉得风景的清幽潇洒，断不是富春江的只有点儿高远深静的山容水貌所能比得上的了。先让我来说明一下这横山的地势，然后再来说它的好处。

衢港远自南来，至兰溪而一折，这横山的石岩，就凭空突起，挡住了衢港的冲。东面呢，又是一条金华江水，迤逦西倾，到了兰溪南面，绕过县城，就和衢港接成了一个天然的直角。两水合并，流向北去，就是兰溪江，建德江，再合徽港，东北流去成了富春钱塘的大江。所以横山一朵，就矗立在三江合流的要冲，三面的远山，脚下的清溪，东南面隔江的红叶，与正东稍北兰溪市上的人家，无不一一收在眼底，像是挂在四面用玻璃造成的屋外的水彩画幅。更有水彩画所画不出来的妙处哩，你且看看那些青天碧水之中，时时在移动上下的一面一面的同白鹅似的帆影看，彩色电影里的外景影片，究竟有哪一张能够比得上这里？还有一层好处，是在这横山的去兰溪市的并不很远。以路来讲，只不过三五里路的间隔，以到此地来游的时间来说，则只需有两个钟头，就可以把兰溪的全市及附近的胜景，霎时游望尽了。

横山上有一个灵源庙，在东头山脚，前面已经说过了；朝南的山腰里，还有一个兰阴寺，说是正德皇帝到过的地方，现在寺前石壁里，还有正德御笔的“兰阴深处”四个大字刻在那里；寺上面一层，是一个观音阁，说是尼姑的庵；最上是山顶，一个钟楼，还没有建造成功哩。

大抵的游客，总由杭江路而至兰溪，在兰溪一宿，看看花船，第二天就匆匆就道，去建德桐庐，领略富春江的山水，对于这近在目前的横江，总只隔江一望，弃而不顾，实在是一件大可惋惜的事情。大约横山因外貌不佳，所以不能引人入胜，“蓬门未识绮罗香”，贫女之叹，在山水中间也是一样。

晚上有人请客，在三角洲边，江山船上吃晚饭。兰溪人应酬，大抵在船上，与在菜馆里请客比较起来，价并不贵，而菜味反好，所以江边花事，会历久不衰，从前在建德桐庐富阳闻家堰一带，直至杭州，各埠都有花舫，现在则只剩得兰溪衢州的几处了，九姓渔船，将来大约要断绝生路。

兰溪　洞源

十一月十四日，星期二，晴朗。

去兰溪东面的洞源山游。

出兰溪城，东绕大云山脚，沿路轨落北，十里过杨清桥，遵溪向北向东，五里至山口，三里至洞源山之栖真寺。寺是一个前朝的古刹，下有赵太史读书处，书堂后面有一方泉水，名天池；寺右侧，直立着一块岩石，名飞来峰，这些都还平常；洞源山的出名，也是和北山一样，系以洞著的。

这山当然是北山的余脉，山石也都是和北山一系的石灰水成岩，所以洞窟特别的多。寺前山下石灰窑边上，有涌雪洞，泉水溢出，激石成沫，状似涌雪，也是一个奇观，但我们因领路者不在，没有到。

寺后秃山丛里，有呵呵洞，因洞中有瀑布，呵呵作响，故名。再上山两里，有无底洞，是走不到底的。更西去里余，为白云洞。

我们因为在北山已经见识过山洞的奇伟了，所以各洞都没有进去，只进了一个在山的最高处的白云洞。白云洞洞口并不小，但因有一块大石横覆在口上，所以看去似乎小了，这石的面积，有三四丈长，一两丈宽，斜覆在洞口的正中，绝似一只还巢的飞燕。进洞行数十步，路就曲折了起来，非用火炬照着不能前进，略斜向下，到底也有里把路深。洞身并不广，最宽的地方，不过两三丈而已，但因洞身之窄，所以仰起头来看看洞顶，觉得特别的高，毛约约，可有二三十丈，洞顶洞壁，都是白色的钟乳层，中间每嵌有一块一块的化石；钟乳层纹，一套一套像云也像烟，所以有白云洞的名称。这洞虽比不上北山三洞的规模浩大，但形势却也不同，在兰溪多住了一天，看了这一个洞，算来也还值得。

栖真寺后殿，有藏经楼，中藏有明代《大藏经》半部，纸色装潢完好如新，还有半部，则在太平天国的时候毁去了。大殿的佛座下，嵌有明代诸贤的题诗石碣，叶向高的诗碣数方，我们自己用了半日的工夫，把它拓了下来。

饭后向寺廊下一走，殿外壁上看见了傅增湘先生的朱笔题字数行，更向壁间看了许多近人的题咏，自己的想附名胜以传不朽的卑劣心也起来了，因而就把昨夜在兰溪做的一个臭屁，也放上了墙头：

红叶清溪水急流，兰江风物最宜秋，

月明洲畔琵琶响，绝似浔阳夜泊舟。

放的时候，本来是有两个，另一个为：

阿奴生小爱梳妆，屋住兰舟梦亦香，

望煞江郎三片石，九姑东去不还乡。

闻江山的江郎山，有三片千丈的大石，直立山巅，相传是江郎兄弟三人入山成仙后所化。花船统名江山船，而世上又只传有望夫石，绝未闻有望妻者，我把这两个故事拉在一处，编成小调，自家也还觉得可以成一个小玩意儿，但与栖真寺的墙壁太无关了，所以不写上去。

龙游 小南海

十一月十五日，星期三，仍晴。

晨起出旅馆，上兰溪东城的大云山览胜亭去跑了一圈。山上山下有两个塔，上塔在仓圣庙前，下塔在江边同仁寺里。南面下山就是兰溪的义渡，过江上马公嘴去的；自兰溪去龙游的公共汽车站，就在江的南岸。

午前十点钟上汽车去龙游（按当日我系由兰溪绕道至龙游，所以坐的是公共汽车；如果由杭州前往，可乘火车直达，不必再换汽车），正午到，在旅馆中吃午饭后就上城北五里路远的小南海去瞻望竹林禅寺。寺在凤凰山上，俗呼童檀山，下有条圩村，隔瀔水和东岸的观音前村相对。瀔水西溪和龙游江的上游诸水，盘旋会合在这凤凰山下，所以沿水岸再向北，一两里路，到一突出的岩头上——大约是瀫波亭的旧址——去向南远望，就可以看得出衢州的千岩万壑和近乡的烟树溪流，这又是一幅王摩诘的山水横额。溪中岩石很多，突出在水底，了了可见，所以水上时有瀫纹，两岸的白沙青树，倒映水中，和瀫纹交互一织，又像是吴绫蜀锦上的纵横绣迹。小南海的气概并不大，竹林禅院的历史也并不古——是光绪二十七年辛丑僧妙寿所建，新旧《龙游县志》都不载——但纤丽的地方，却有点像六朝人的小品文字。

明汤显祖过凤凰山，有一首诗，载在《县志》上：

系舟犹在凤凰山，千里西江此日还，
今夜销魂在何处，玉岑东下一重湾。

我也在这貂后续上了一截狗尾：

瀫水矶头半日游，乱山高下望衢州，
西江两岸沙如雪，词客曾经此系舟。

题目是“凤凰山怀汤显祖”。

夜在龙游宿，并且还上城隍庙去看了半夜为募捐而演的戏。龙游地方银行的吴姜诸公，约于明日中午去吃龙游的土菜，所以三叠石、乌石山等远处，是不能去了。

屯溪夜泊记

屯溪是安徽休宁县属的一个市镇，虽然居民不多——人口最多也不过一两万——工厂也没有，物产也并不丰富，但因为地处在婺源、祁门、黟县、休宁等县的众水汇聚之乡，下流成新安江，从前陆路交通不便的时候，徽州府西北几县的物产，全要从这屯溪出去，所以这个小镇居然也成了一个皖南的大码头，所以它也就有了小上海的别名。“生意兴隆通四海，财源茂盛达三江”，这一副最普通的联语，若拿来赠给屯溪，倒也很可以指示出它的所以得繁盛的原委。

我们的漂泊到屯溪去，是因为东南五省交通周览会的邀请，打算去白岳黄山看一看风景；而又蒙从前的徽州府现在的歙县县长的不弃，替我们介绍了一家徽州府里有名的实在是龌龊得不堪的宿夜店，觉得在徽州是怎么也不能够过夜了，所以才夜半开车，闯入了这小上海的屯溪市里。

虽则小上海，可究竟和大上海有点不同，第一，这小上海所有的旅馆，就只有大上海的五万分之一。我们在半夜的混沌里，冲到了此地，投各家旅馆，自然是都已经客满了，没有办法，就只好去投奔公安局——这公安局却是直系于省会的一个独立机关，是屯溪市上，最大并且也是唯一的行政司法以及维持治安的公署。所以尽抵得过清朝的一个州县——请他们来救济，我们提出的办法，是要他们去为我们租借一只大船来权当宿舍。

这交涉办到了午前的一点，才兹办妥，行李等物，搬上船后，舱铺清洁，空气通畅，大家高兴了起来，就交口称赞语堂林氏的有发明的天才，因为大家搬上船上去宿的这一件事情，是语堂的提议，大约他总也是受了天随子陆龟蒙或八旗名士宗室宝竹坡的影响无疑。

浮家泛宅，大家联床接脚，在蔑篷底下，洋油灯前，谈着笑着，悠悠入睡的那一种风情，倒的确是时代倒错的中世纪的诗人的行径。那一晚，因为上船得迟了，所以说废话说不上几刻钟，一船里就呼呼地充满了睡声。

第二天，天下了雨；在船上听雨，在水边看雨的风味，又是一种别样的情趣。因为天雨，旅行当然是不行，并且林、潘、全、叶的四位，目的是只在看看徽州，与自杭州至徽州的一段公路的，白岳黄山，自然是不想去的了，只教天一放晴，他们就打算回去，于是乎我们便有了一天悠闲自在的屯溪船上的休息。

屯溪的街市，是沿水的两条里外的直街，至西面而尽于屯浦，屯浦之上是一条大桥，过桥又是一条街，系上西乡去的大路。是在这屯浦桥附近的几条街上，由他们屯溪人看来，觉得是完全毛色不同的这一群丧家之犬，尽在那里走来走去地走。其实呢，我们的泊船之处，就在离桥不远的东南一箭之地，而寄住在船上，却有两件大事，非要上岸去办不可，就是，一，吃饭，二，大便。

况且，人又是好奇的动物，除了睡眠、吃饭、排泄以外，少不得也要使用使用那两条腿，于必要的事情之上，去做些不必要的事情；于是乎在江边的那家饭馆延旭楼即紫云馆，和那座公坑所，当然是可以不必说，就是一处贩卖破铜烂铁的旧货铺，以及就开在饭馆边上的一家假古董店，也突然地增加了许多顾客。我在旧货铺里，买了一部歙县吴殿麟的《紫石泉山房集》，语堂在那家假古董店里，买了些桃核船、翡翠、琥珀，以及许多碎了的白磁。大家回到船上研究将起来，当以两毛钱买的那些点点的磁片，最有价值，因为一只纤纤的玉手，捏着的是一条粗而且长，头如松菌的东西，另外的一条三角形的尖粽而带着微有曲线的白柄者，一定是国货的小脚；这些碎磁，若不是康熙，总也是乾隆，说不定，恐怕还是前朝内府坤宁宫里的珍藏。仔细研究到后来，你一言，我一语，想入非非，笑成一片，致使这一个水上小共和国里的百姓们，大家都堕落成了群居终日、专为不善的小人团。

早午饭吃后，光旦、秋原等又坐了车上徽州去了，语堂、增嘏，歪身倒在床上看书打瞌睡，只有被鬼附着似的神经质的我，在船里觉得是坐立都不能安，于是乎只好着了雨鞋，张着雨伞，再上岸去，去游屯溪的街市。

雨里的屯溪，市面也着实萧条。从东面有一块枪毙红丸犯处的木牌立着的地方起，一直到西尽头的屯浦桥附近为止，来回走了两遍，路上遇着的行人，数目并不很多，比到大上海的中心街市，先施、永安下那块地方的人海人山，这小上海简直是乡村角落里了。无聊之极，我就爬上了市后面的那一排小山之上，打算对屯溪全市，作一个包罗万象的高空鸟瞰。

市后的小山，断断续续，一连倒也有四五个山峰。自东而西，俯瞰了屯溪市上的几千家人家，以及人家外围，贯流在那里的三四条溪水之后，我的两足，忽而走到了一处西面离桥不远的化山的平顶。顶上的石柱石磉石梁，依然还在，然而一堆瓦砾，寸草不生，几只飞鸟，只在乱石堆头慢声长叹。我一个人看看前面天主堂界内的杂树人家，和隔岸的那条同金字塔样的狮子（俗称扁担）石山，觉得阴森森毛发都有点直竖起来了，不得已就只好一口气地跳下了这座在屯溪市是地点风景最好也没有的化山。后来上桥头的酒店里去坐下，向酒保仔细一探听，才晓得民国十八年的春天，宋老五带领了人马，曾将这屯溪市的店铺民房，施行了一次火洗，那座化山顶上的化山大寺，也就是于这个时候被焚化了的。那时候未被烧去而仅存者，只延旭楼的一间三层的高阁和天主堂内的几间平房而已。

在酒店里，和他们谈谈说说，我只吃了一碟炒四件，一斤杂有泥沙的绍兴酒，算起账来，竟被敲去了两块大洋，问："何以会这么的贵？"回答说："本地人都喝的歙酒，绍兴酒本来是很贵的。"这小上海的商家，别的上海样子倒还没有学好，只有这一个欺生敲诈的门径，却学得来青胜于蓝了，也无怪有人告诉我说，屯溪市上，无论哪一家大商店，都有讨价还价，就连一盒火柴、一封香烟，也有生人熟面的市价的不同。

傍晚四五点的时候，去徽州的大队人马回来了，一同上延旭楼去吃过晚饭，我和秋原、增嘏、成章四人，在江岸的东头走走，恰巧遇见了一位自上海来此的像白相人那么的汽车小商人。他于陪我们上游艺场去逛了一遍之余，又领我们到了一家他的旧识的乐户人家。姑娘的名号现在记不起来了，仿佛是翠华的两字，穿着一件黑绒的夹袄，镶着一个金牙齿，相貌倒也不算顶坏，听了几出徽州戏，喝了一杯祁门茶后，出到了街上，不意斗头又遇见了三位装饰时髦到了极顶，身材也窈窕可观的摩登美妇人。那一位引导者，和她们也似乎是素熟的客人，大家招呼了一下走散之后，他就告诉了我们以她们的身世。她们的前身，本来是上海来游艺场献技的坤角，后来各有了主顾，唱戏就不唱了。不到一年，各主顾忽又有了新恋，她们便这样的一变，变作了街头的神女。这一段短短的历史，简单虽也简单得很，但可惜我们中间的那位江州司马没有同来，否则倒又有一篇《琵琶行》好做了。在微雨黄昏的街上走着，他还告诉了我们这里有几家头等公娼，几家二等花茶馆，几家三等无名窟，和诨名“屯溪之王”的一家半开门。

回到了残灯无焰的船舱之内，向几位没有同去的诗人们报告了一番消息，余事只好躺下去睡觉了，但青衫憔悴的才子，既遇着了红粉飘零的美女，虽然没有后花园赠金，妓堂前碰壁的两幕情景，一首诗却是少不得的；斜倚着枕头，合着船篷上的雨韵，哼哼唧唧，我就在朦胧的梦里念成了一首：“新安江水碧悠悠，两岸人家散若舟，几夜屯溪桥下梦，断肠春色似扬州。”的七言绝句。这么一来，既有了佳人，又有了才子，煞尾并且还有着这一个有诗为证的大团圆，一出屯溪夜泊的传奇新剧本，岂不就完全成立了吗？

一九三四年五月

福州的西湖

一

天气热了之后，真是热得不可耐，而又不至于热死的时候，我们老会有那一种失神状态出现，就是嗒焉我丧吾的状态。茫茫然，浑浑然，知觉是有的，感觉却迟钝一点；看周围的事物风景，只融成一个很模糊的轮廓，对极熟悉的环境，也会发生奇异的生疏感，仿佛似置身在外国，又仿佛是回到了幼小的时期，总之，是一种半麻木的入梦的状态。

与此相反，于烈日行天的中午，你若突然走进一处阴凉的树林；或如烧似煮地热了一天，忽儿向晚起微风，吹尽了空中的热气，使你得在月明星淡的天盖下静躺着细看天河；当这些样的时候，我们也会起一种如梦似的失神状态，仿佛是从噩梦里刚苏醒转来的样子，既不愿意动弹，也不能够把注意力集中，陶然泰然，本不知道有我，更不知道有我以外的一切纠纷。

这两种情怀，前一种分明有不快的下意识潜伏在心头，而后一种当然是涅槃的境地。在福州，一交首夏，直到白露为止，差不多每日都可以使你体味到这两种至味。

因为福州地处东海之滨，所以夏天的太阳出来得特别的早；可是阳光一普照，空气，地壳，山川草木，就得蒸吐热气。故而自上午八九点钟起，到下午五时前后止，热度，大约总在八十六七至九十一二度（华氏温度）的中间。依这一度数看来，福州原也并不比别处特别的热，但是一年到头——十二个月中间，差不多有四五个月，天天都是如此，因而新自外地来的人，总觉得福州这地方比别处却热得不同。在福州热的时间虽则长一点，白天在太阳底下走路的苦楚，虽则觉得难熬一点，但福州的夏夜，实在是富有着异趣，实在真够使人留恋。我假使要模仿《旧约》诸先知的笔调，写起牧歌式的福州夏夜记事来，那开始就得这么说：

——太阳平西了，海上起了微风。天上的群星放了光，地上的亚当夏娃的子女，成群，结队，都走向西去，同以色列人的出埃及一样。……

为什么一到晚上，福州的住民大家要走向西去呢？就因为在福州的城西，也有一个西湖，是浮瓜沉李，夏夜乘凉的唯一的好地方。

没有到福州之先，我并不知道福州也有一个西湖。虽则说“天下西湖三十六”，但我们所习知的，总只是与苏东坡有关的几个，河南颍上、广东惠州与浙江杭州。到了福州之后，住上了年余，闲来无事，到各处去走走，觉得西湖在福州的重要，却也不减似杭州，尤其是在夏天。

让我们先来查一查这福州西湖的历史（当然是抄的旧籍），乾隆徐景熹修的《福州府志》里说：西湖在候官县西三里。《三山志》：蓄水成湖，可荫民田。《闽都记》：周回二十里，引西北诸山溪水注于湖，与海通潮汐，所溉田不可胜计。《闽书》：西湖，晋太守严高所凿，蓄泄泽民田，周围十数里；王审知时大之，至四十余里。

自从晋后，这西湖屡塞屡浚，时大时小；最后到了民国，许世英氏在这里做省长的时候，还大大地疏浚了一次，并且还编了一部十二大册的《西湖志》。到得现在，时势变了，东北角城墙拆去，建设厅正在做植树、修堤、筑环湖马路的工作。千余年来西湖的历史，不过如此；但史上西湖的黄金时代，却有先后的两期。其一，是王审知王闽以后的时期。闽王宫殿，就筑在现在的布使埕威武军门以内；闽王鏻时，朝西筑甬道，可以直达西湖，在湖上并且更筑起了一座水晶的宫殿，居民道上，往往可以听见地下的弦索之音。

闽王后代，不知前王创业的艰难，骄奢淫逸，享尽了人间的艳福；宫婢陈金凤的父子聚麀，湖亭水嬉，高唱棹歌，当然是在这西湖的圈里，这当是西湖的第一个黄金时代。

其次，是宋朝天下太平，风流太守，像曹颖区、程师孟、蔡君谟等管领的时代。诗酒流连，群贤毕至，当时的西湖虽小，而流传的韵事却很多！现在市场上流行的那部民国初年修的《西湖志》里，所记的遗闻逸事、歌赋诗词，亦以这一代的为多，称它为西湖第二期的黄金时代，大约总也不至大错。

其后由元历明，以及清朝的一代，虽然也有许多诗人的传说在西湖；但穷儒的点缀，当然只是修几间茅亭，筑一些坟墓而已，像帝王家、太守府那般的豪举，当然是没有的。

这些都是西湖的家谱，只能供好寻故事的人物参考，现在却不得不说一说西湖的面貌，以尽我介绍这海滨西子之劳；万一这僻处在一方的静女，能多得到几位遥思渴慕的有情人，则我一支秃笔的功德也可以说是不少。

杭州的西湖，若是一个理想中的粉本，那么可以说颐和园得了她的紧凑，而福州的西湖，独得了她的疏散。各有点相像，各有各的好处，而各在当地的环境里，却又很位置的得当。

总之，是一湖湖水，处在城西。水中间有一堆小山，山旁边有几条堤，几条桥，与许多楼阁与亭台。远一点，是附廓的乡村；再远一点，是四周的山，连续不断的山。并且福州的西湖之与闽江，也却有杭州的西湖与钱塘江那么的关系，所以要说像，正是再像也没有。

但是杭州湖上的山，高低远近，相差不多；由俗眼看来，虽很悦目，一经久视，终觉变化太少，奇趣毫无。而福州的西湖近侧，要说低岗浅阜，有城内的屏山(北)与乌石山(南)，城外的大梦山祭酒山(西)。似断若连，似连实断。远处东望鼓山连峰，自莲花山一路东驰，直到海云生处。有时候夕阳西照，有时候明月东升，这一排东头的青嶂，真若在掌股之间；山上的树木危岩，以及树林里的禅房僧舍，都看得清清楚楚；与西湖的距离，并不迫近眉睫，可也不远在千里，正同古人之所说，如硬纸写黄庭，恰到好处的样子。

福州的西湖，因为面积小，所以十景八景的名目，没有杭州那么的有名。并且时过境迁，如大梦松涛的一景，简直已经寻不出一个小浪来了，其他的也就可想而知。但是开化寺前的茶店，开化寺后，从前大约是宛在堂的旧址的那一块小阜，却仍是看晚霞与旭日的好地方。西面一堤，过环桥，就可以走上澄澜堂去，绕一个圈子，可以直绕到北岸的窑角诸娘的家里，这些地方，总仍旧是千余年前的西湖的旧景。并且立在环桥上面，北望诸山腰里的人家，南瞻乌石山头的大石，俯听听桥洞下男男女女的行舟，清风不断，水波也时常散作鳞文，以地点来讲，这桥上当是西湖最好的立脚地。桥头东西，是许世英氏于“五四”那一年立“击楫”碑的地方，此时此景，恰也正配。

福州西湖的游船，有一种像大明湖的方舟，有一种像平常的舢板，设备倒也相当的富丽，但终因为湖面太小了一点，使人鼓不起击楫的勇气；

又因为湖水不清，码头太少，四岸没有可以上去游玩的别墅与丛林，所以船家与坐船的人，并没有杭州那么的多。可是年年端午，西湖的里里外外，上上下下，总是人多如鲫，挤得来寸步难移；这时候这些船家，便也可以借吊屈原之名而扬眉吐气，一只船的租金，竟有上两三元一日的；八月半的晚上，当然也是一样。

对于福州的西湖，我初来时觉得她太渺小，现在习熟了，却又觉她的楚楚可怜。在《西湖志》的附录里，曾载有一位湖上的少女，被人买去做妾；后来随那位武弁到了北京，因不容于大妇，发配厮养卒以终。少女多才，赋诗若干绝以自哀，所谓“为问生身亲父母，卖儿还剩几多钱？”以及“嫁得伧父双脚健，报人夫婿早登科”等名句，就是这一位福州冯小青之所作。诗的全部，记得《随园诗话》和《两般秋雨庵随笔》里都抄登着在。她，这一位可怜的少女，我觉得就是福州西湖的化身；反过来说，或者把西湖当作她的象征，也未始不可。

一九三七年七月，在福州

雁荡山的秋月

古人并称上天台、雁荡；而宋范成大序《桂海岩洞志》，亦以为天下同称的奇秀山峰，莫如池之九华，歙之黄山，括之仙都，温之雁荡，夔之巫峡。大约范成大，没有到过关中，故终南华山，不曾提及。我们南游三日，将天台东北部的高山飞瀑（西部寒岩、明岩未去），略一飞游——并非坐了飞机去游，是开特快车游山之意——之后，急欲去雁荡，一赏鬼工镌雕的怪石奇岩，与夫龙湫大瀑，十月二十七日在天台国清寺门前上车，早晨还只有七点。

自天台去雁荡山所在的乐清县北，要经过临海、黄岩、温岭等县。到临海（旧章安城）的东南角巾山山下，还要渡过灵江，汽车方能南驶，现在公路局筑桥未竣，过渡要候午潮；所以我们到了临海之后，倒得了两三个钟头的空，去东湖拜了忠逸樵夫之祠，上巾山的双塔下，看了华胥洞，黄华丹井——巾山之得名，盖因黄华升仙，落帻于此——等古迹，到十二点钟左右，才乘潮渡过江去。临海的山容水貌，也很秀丽，不过还不及富春江的高山大水，可以令人悠然忘去了人世。自临海到黄岩，要经过括苍山脉东头的一条大岭，岭头有一个仙人桥站；自后徐经仙人桥至大道地的三站中间，汽车尽在山上曲折旋绕，路线有点像昱岭关外与仙霞岭南的样子；据开车的司机说这一条岭共有八十四弯，形势的险峻，也可想而知。

黄岩县城北，也有一条永江要渡，桥也尚未筑成；不过此处水深，不必候潮，所以车子一到，就渡了过去。县城的东北，江水的那边，三江口上，更有一枝亭山在俯瞰县城；半山中有一簇树，一个白墙头的庙，在阳光里吐气，想来总又是黄岩县的名胜了，遥望而过。黄岩一县内，多橘子树园；树并不高，而金黄的橘实，都结得累累欲坠，在返射斜阳；车驰过处，风味倒也异样，很像我年轻的时候，在日本纪州各处旅行时的光景。

自黄岩经温岭到乐清县的离大荆城南五里路的地方，村名叫作水积（或名积水，不知是哪两个字），前临大海，海中有岛，后峙双旗冈峰，峰中也有叠嶂一排，在暗示着雁荡的奇峰怪石。游人到此，已经有点心痒难熬的样子了，因为隔一条溪，隔一重山，在夕阳下，早就看得出谢公岭外老僧送客之类的奇形怪状的石岩阴影；北来自大溪镇到此，有三十余里的行程。

在雁荡第一重口外，再渡过那条自石门潭流下来的清溪，西驰七八里，过白溪，到响岭头，就是雁荡东外谷的口子，汽车路筑到此地为止，雁荡到了。

在口外下车，远望进去，只看见了几个巉屼的石峰尖。太阳已经快下山了，我们是由东向西而入谷的，所以初走进去的时候，一眼并不看见什么。但走了半里多上灵岩寺去的石砌路后，渡过石桥，忽而一变，千千万万的奇异石壁，都同天上刚掉下去似的，直立在我们的四周；一条很大很大的溪水，穿在这些绝壁的中间，在向东缓流出来。壁来得太高太陡，天只剩下了狭狭的一条缝，日已下山，光线不似日间的充足。石壁的颜色，又都灰黑，壁缝里的树木，也生得屈曲有一种怪相；我们从东外谷走入内谷的七八里地路上，举头向前后左右望望，几乎被胁得连口都不敢开了。山谷的奇突，大与寻常习见的样子不同，教人不得不想起诗圣但丁的《神曲》，疑心我们已经跟了那位诗人，入了别一个境界。

在龙王庙前折向了北去，头脑里对于一路上所见的峰嶂的名目，如猴披衣、蓼花嶂、响嵩门、霞嶂洞、听诗叟、双鲤峰之类，还没有整理得清楚，景色一变，眼前又呈出了一幅更清幽、更奇怪、更伟大的画本。原来这东内谷里的向北去灵岩寺谷里的一区，是雁荡的中心，也是雁荡山杰作里的顶点。初入是一条清溪，许多树木与竹林。再进，劈面就是一排很高很长，像罗马古迹似的展旗嶂，崛起在天边，直挂向地下，后方再高处又是一排屏霞嶂，这屏霞嶂前，左右环抱，尽是一枝一枝的千万丈高的大石柱，高可以不必说，面积之大周围也不知有多少里；而最奇的，是这些大柱的头和脚，大小是一样的，所以都是绝壁，都是圆柱。小龙湫瀑布，也就在灵岩寺西北的一大石峰上，从顶点直泻下来的奇景。灵岩寺，看过去很小很小，隐藏在这屏霞嶂脚，顶珠峰、展旗峰、石屏风（全在寺东）与天柱峰、双鸾峰、卷图峰、独秀峰、卓笔峰（全在寺西）等的中间；地位的好，峰岩的多而且奇，只有永康方岩的五峰书院，可以与它比比；但方岩只是伟大了一点，紧凑却还不及这里。

灵岩寺的开辟，在宋太平兴国四年，僧行亮神昭为其始祖，后屡废屡兴；现在的寺，却是数年前，由护法者蒋叔南、潘耀庭诸君所募建。蒋君今年夏季去世，潘君现任雁荡山风景区管理委员，住在寺中；当家僧名成圆，亦由蒋潘诸君自宁波去迎来者，人很能干，具有实际办事的手腕。

在灵岩寺的西楼住下之后，天已经黑了。先去请教也住在寺中，率领黄岩中学学生来雁荡旅行的两位先生，问我们在雁荡，将如何的游法。因为他们已经在灵岩寺住了三日，打算于明晨出发回黄岩去了。饭后又去请了潘委员来，打听了一番雁荡山大概的情形。

雁荡山的总括，可以约略地先在此地说一说：第一，山在乐清县东北九十里，系亘立东西的一排连山，东起石门潭，西迄白岩六十里；北自甸岭，南至斤竹涧口四十里；自东向西，历来分成东外谷、东内谷、西内谷、西外谷的四部，以马鞍岭为界而分东西。全山周围，合外境有四百二十里。雁山北部，更有南阁谷、北阁谷两区，以溪分界；南阁南至石柱北至北屏山两里，东至马屿，西至会仙峰十六里；北阁村南北两里，东西五里，西北极甸岭山，为雁荡北址。

雁山开山者相传为晋诺讵那尊者，凡百有二峰，六十一岩，四十六洞，十八刹，十六亭，十七潭，十三瀑。入游之路线，有四条。（一）东路从白溪经响岭头自东南入谷，就是我们所经之路线。（二）北路由大荆越谢公岭自东北入谷至岭峰。（三）南路由小芙蓉经四十九盘岭自南入谷至能仁寺，从乐清来者率由此。（四）西路从大芙蓉自西南经本觉寺至梅雨潭。

峰之最高者为百冈尖，高一万一千五百公尺，雁湖在西外谷连霄岭上，高九千公尺。

这雁荡山的梗概，是根据潘委员的口述，和《广雁荡山志》及《雁山全图》而摘录下来的；我们因为走马游山，前后只有三日的工夫好费，还要包括出发和到着的日期在内，所以许多风景，都只能割爱；晚上就和潘委员在灯下拟定明日只看西石梁的大瀑布、大龙湫瀑、梅雨潭，回至能仁寺午餐。略游斤竹涧就回灵岩寺宿；出发之日（即第三日），午前一游净名寺，至灵峰略看看观音洞北斗洞等，就出向头岭由原路出发回去。北部的绝景，中央的百冈尖当然是不能够去，就如显胜门、龙溜等处，一则因无时间，二则因无大路无宿处，也只能等下次再来了。这样拟定了游程之后，预期着明天的一天劳顿，我们就老早地爬上了床去。

午前的三四点钟，正梦见了许多岩壁，在四面移走拢来，几乎要把我的渺渺五尺之躯，压成粉碎的时候，忽而耳边一阵喇叭声，一阵嘈杂声起来了。先以为是山寺里起了火，急起披衣，踏上了西楼后面的露台去一看；既不见火，又不见人，周围上下，只是同海水似的月光，月光下又只是同神话中的巨人似的石壁，天色苍苍，只余一线，四围岑寂，远远地也听得见些断续的人声。奇异，神秘，幽寂，诡怪，当时的那一种感觉，我真不知道要用些什么字来才形容得出！起初我以为还在连续着做梦，这些月光，这些山影，仍旧是梦里的畸形；但摸摸石栏，看看那枝谁也要被它威胁压倒的天柱石峰与峰头的一片残月，觉得又太明晰，太正确，绝不似梦里的神情。呆立了一会儿，对这雁荡山中的秋月顶礼了十来分钟，又是一阵喇叭声，一阵整队出发报名数的号令声传过来了，到此我才明白，原来我并不是在做梦，是那一批黄岩中学的学生要出发赶上大溪去坐轮船去了！这一批学生的叫唤，这一批青年的大胆行为，既救了我梦里的危急，又指示给我了这一幅清极奇极的雁山夜月的好画图，我的心里，竟莫名其妙地感激起来了，跑下楼去，就对他们的两位临走的教师热烈地热烈地握了一回手；送他们出了寺门以后，我并且还在月光下立着，目送他们一个个小影子渐渐地被月光岩壁吞没了下去。

雁荡山中的秋月！天柱峰头的月亮！我想就是今天明天，一处也不游，便尔回去，也尽可以交代得过去，说一声“不虚此行”了，另外还更希望什么呢？所以等那些学生们走后，我竟像疯子一样一个人在后面楼外的露台上呆对着月光峰影，坐到了天明，坐到了日出，这一天正是旧历九月二十的晚上廿一的清晨。

等同去的文伯，及偶然在路上遇着成一伙的奥伦斯登、科伯尔厂经理毕士敦 Mr. H. Bernstein 与戴君起来，一齐上轿，到大龙湫的时候，太阳已经升得很高，似在巳午之间了。一路上经下灵岩村、三官殿、上灵岩村，过马鞍岭。在左右手看了些五指峰、纱帽峰、老鼠峰、猫峰、观音峰、莲台嶂、祥云峰、小剪刀峰之类，形状都很像，峰头都很奇；但因为太多了，到后来几乎想向在说明的轿夫讨饶，请他不要再说，怕看得太多，眼睛里脑里要起消化不良之症。

大龙湫的瀑布，在江南瀑布当中真可以称霸，因为石壁的高、瀑身的大、潭影的清而且深，实在是江浙皖几省的瀑布中所少有的。我们到雁荡之先，已经是旱得很久了。故而一条瀑布，直喷下来，在上面就成了点点的珠玉。一幅真珠帘，自上至地，有三四千丈高，百余尺阔；岩头系突出的，帘后可以通人，立在与日光斜射之处，无论何时，都看得出一条虹影。凉风的飒爽，潭水的清澄，和四围山岭的重叠，是当然的事情了，在大龙湫瀑布近旁，这些点景的余文，都似乎丧失了它们的价值，瀑布近旁的摩崖石刻，很多很多，然而无一语，能写得出这大龙湫的真景。《广雁荡山志》上，虽则也载了不少的诗词歌赋，来咏叹此景，但是身到了此间，哪里还看得起这些秀才的文章呢？至于画画，我想也一定不能把它的全神传写出来的，因为画纸绝没有这么长，而溅珠也绝没有这样的匀而且细。

出大龙湫，经瑞鹿峰、剪刀峰（侧看是一帆峰）下，沿大锦溪过华严岭罗汉寺前，能在石壁的半空中看得出一座石刻的罗汉像。斧凿的工巧有艺术味，就是由我这不懂雕刻的野人看来，也觉得佩服之至。从此经竹林，过一条很高很长的东岭，遥望着芙蓉峰、观音岩等（雁湖的一峰是在东岭岭上可以看见的），绕骆驼洞下面至西石梁的大瀑布。

西石梁是一块因风化而中空下坠的大石梁，下有一个老尼在住的庵，西面就是大瀑布。这瀑布的高大，与大龙湫瀑布等，但不同之处，是在它的自成一景，在石壁中流。一块数千丈的石壁，经过了几千万年的冲击，中间成了一个圆形大柱式的空洞，两面围抱突出，中间是一数丈宽数千丈高的圆洞，瀑布就从上面沿壁在这空圆洞里直泻下来。下面的潭，四壁的石，和草树清溪，都同大龙湫差仿不多。但西面连山，雁荡山的西尽头，差不多就快到了，而这瀑布之上，山顶平处，却又是一大村落；山上复有山，世外是桃源的情景，正和天台山的桐柏乡，曲异而工同。

从西石梁瀑布顺原路回来，路上又去看了梅雨潭及潭前的一座含珠峰，仍过东岭，到了自芙蓉南来经四十九盘岭可到的能仁寺里。

这能仁寺在西内谷丹芳岭下，系宋咸平二年僧全了所建。本来是雁荡山中的最大的丛林，有一宋时的大铁锅在可以作证，现在却萧条之至，大殿禅房，还都在准备建筑中。寺前有燕尾瀑，顺溪南流，成斤竹涧，绕四十九盘岭，可至小芙蓉；这一路路上风景的清幽绝俗，当为雁山全景之冠，可惜我们没有时间，只领略了一个大概，就赶回了灵岩寺来宿。

这一天的傍晚，本拟上寺右的天窗洞，寺左的龙鼻水去拜观灵岩寺的二奇的，但因白天跑了一天，太辛苦了，大家不想再动。我并且还忘不了今晨似的山中的残月，提议明朝也于三时起床，踏月东下，先去看了灵峰近旁的洞石，然后去响头岭就行出发，所以老早就吃了夜饭，老早就上了床。

然而胜地不常，盛筵难再，第二日早晨，虽则大家也忍着寒、抛着睡，于午前三点起了身，可是淡云蔽月，光线不明；我们真如在梦里似的走了七八里路，月亮才兹露面。而玩月光玩得不久，走到灵峰谷外朝阳洞下的时候，太阳却早已出了海，将月光的世界散文化了。

不过在残月下，晨曦里的灵峰山景，也着实可观，着实不错；比起灵岩的紧凑来，只稍稍觉得疏散一点而已。

灵峰寺是在东谷口内向北两三里地的地方，东越谢公岭可达大荆。近旁有五老峰、斗鸡峰、幞头峰、灵芝峰、犀角峰、果盒岩、船岩、观音洞、北斗洞、苦竹洞、将军洞、长春洞、响板洞诸名胜，顺鸣玉溪北上，三里可达真际寺。寺为宋天圣元年僧文吉所建，本在灵峰峰下，不知几百年前，这峰因风化倒了，寺屋尽毁。现在在这到灵峰下的一块隙地上，方在构木新筑灵峰寺。我们先在果盒岩的溪亭上坐了一会儿，就攀缘上去，到观音洞去吃早餐。

两岩侧向，中成一洞，洞高两三百丈；最上一层，人迹所不能到，但洞中生有大树一株，系数百年物，枝叶茂盛，从远处望来，了了可见。下一层是观音洞的选物场，洞中宽广，建有大殿，并五百应真的石刻。东面一水下滴成池，叫作洗心泉，旁有明刻宋刻的题名记事碑无数。自此处一层一层下去，有四五层楼三四百石级的高度；洞的高广，在雁荡山当中，以此为最。最奇怪的，是在第三层右手壁上的一个石佛，人立右手洞底，向东南洞口远望出去，俨然是一座地藏菩萨的侧面形，但跑近前去一看，则什么也没有了，只一块突出的方石。上一层的右手壁上还有一个一指物，形状也极像，不过小得很。

看了灵岩灵峰近边的峰势，看了观音洞（亦名合掌洞）里的建筑及大龙湫等，我们以为雁荡的山峰岩洞溪瀑等，也已经大略可以想象得出了，所以旁的地方，也不想再去走，只到北斗洞去打了一个电话，叫汽车的司机早点预备，等我们一出谷口，就好出发。

总之，雁荡本是海底的奇岩，出海年月，比黄山要新，所以峰岩峻削，还有一点锐气，如山东崂山的诸峰。今年春间，欲去黄山而未果，但看到了黄山前卫的齐云、白岳，觉得神气也有点和灵峰一带的山岩相像。在迎着太阳走出谷来，上汽车去的路上，我和文伯，更在坚订后约，打算于明年以两个月的工夫，去歙县游遍黄山，北下太平，上青阳南面的九华。然后出长江，息匡庐，溯江而上，经巫峡，下峨眉，再东下沿汉水而西入关中，登太华以笑韩愈，入终南而学长生，此行若果，那么我们的志愿也毕，可以永永老死在蓬窗陋巷之中了。

一九三四年十一月九日

钓台的春昼

因为近在咫尺，以为什么时候要去就可以去，我们对于本乡本土的名区胜景，反而往往没有机会去玩，或不容易下一个决心去玩的。正唯其是如此，我对于富春江上的严陵，二十年来，心里虽每在记着，但脚却从没有向这一方面走过。一九三一，岁在辛未，暮春三月，春服未成，而中央党帝，似乎又想玩一个秦始皇所玩过的把戏了，我接到了警告，就仓皇离去了寓居。先在江浙附近的穷乡里，游息了几天，偶尔看见了一家扫墓的行舟，乡愁一动，就定下了归计。绕了一个大弯，赶到故乡，却正好还在清明寒食的节前。和家人等去上了几处坟，与许久不曾见过面的亲戚朋友，来往热闹了几天，一种乡居的倦怠，忽而袭上心来了，于是乎我就决心上钓台去访一访严子陵的幽居。

钓台去桐庐县城二十余里，桐庐去富阳县（今为市）治九十里不足，自富阳溯江而上，坐小火轮三小时可达桐庐，再上则须坐帆船了。

我去的那一天，记得是阴晴欲雨的养花天，并且系坐晚班轮去的，船到桐庐，已经是灯火微明的黄昏时候了，不得已就只得在码头近边的一家旅馆的高楼上借了一宵宿。

桐庐县城，大约有三里路长，三千多烟灶，一两万居民，地在富春江西北岸，从前是皖浙交通的要道，现在杭江铁路一开，似乎没有一二十年前的繁华热闹了。尤其要使旅客感到萧条的，却是桐君山脚下的那一队花船的失去了踪影。说起桐君山，却是桐庐县的一个接近城市的灵山胜地，山虽不高，但因有仙，自然是灵了。以形势来论，这桐君山，也的确是可以产生出许多口音生硬、别具风韵的桐严嫂来的生龙活脉；地处在桐溪东岸，正当桐溪和富春江合流之所，依依一水，西岸便瞰视着桐庐县市的人家烟树。南面对江，便是十里长洲；唐诗人方干的故居，就在这十里桐洲九里花的花圈深处。向西越过桐庐县城，更遥遥对着一排高低不定的青峦，这就是富春山的山子山孙了。东北面山下，是一片桑麻沃地，有一条长蛇似的官道，隐而复现，出没盘曲在桃花杨柳洋槐榆树的中间，绕过一支小岭，便是富阳县的境界，大约去程明道的墓地程坟，总也不过一二十里地的间隔，我的去拜谒桐君，瞻仰道观，就在那一天到桐庐的晚上，是淡云微月，正在作雨的时候。

鱼梁渡头，因为夜渡无人，渡船停在东岸的桐君山下。我从旅馆踱了出来，先在离轮埠不远的渡口停立了几分钟。后来向一位来渡口洗夜饭米的少妇，弓身请问了一回，才得到了渡江的秘诀。她说："你只须高喊两三声，船自会来的。"先谢了她教我的好意，然后以两手围成了播音的喇叭，"喂，喂，渡船请摇过来！"地纵声一喊，果然在半江的黑影当中，船身摇动了。渐摇渐近，五分钟后，我在渡口，却终于听出了咿呀柔橹的声音。时间似乎已经入了酉时的下刻，小市里的群动，这时候都已经静息；自从渡口的那位少妇，在微茫的夜色里，藏去了她那张白团团的面影之后，我独立在江边，不知不觉心里头却兀自感到了一种他乡日暮的悲哀。渡船到岸，船头上起了几声微微的水浪清音，又铜东的一响，我早已跳上了船，渡船也已经掉过头来了。坐在黑影沉沉的舱里，我起先只在静听着柔橹划水的声音，然后却在黑影里看出了一星船家在吸着的长烟管头上的烟火，最后因为被沉默压迫不过，我只好开口说话了："船家！你这样的渡我过去，该给你几个船钱？"我问。"随你先生把几个就是。"船家的说话冗慢悠长，似乎已经带着些睡意了，我就向袋里摸出了两角钱来。"这两角钱，就算是我的渡船钱，请你候我一会儿，上山去烧一次夜香，我是依旧要渡过江来的。"船家的回答，只是嗯嗯吾吾，幽幽同牛叫似的一种鼻音，然而从继这鼻音而起的两三声轻快的咳声听来，他却似已经在感到满足了，因为我也知道，乡间的义渡，船钱最多也不过是两三枚铜子而已。

到了桐君山下，在山影和树影交掩着的崎岖道上，我上岸走不上几步，就被一块乱石绊倒，滑跌了一次。船家似乎也动了恻隐之心了，一句话也不发，跑将上来，他却突然交给了我一盒火柴。我于感谢了一番他的盛意之后，重整步武，再摸上山去，先是必须点一支火柴走三五步路的，但到得半山，路既就了规律，而微云堆里的半规月色，也朦胧地现出一痕银线来了，所以手里还存着的半盒火柴，就被我藏入了袋里。路是从山的西北，盘曲而上；渐走渐高，半山一到，天也开朗了一点，桐庐县市上的灯火，也星星可数了。更纵目向江心望去，富春江两岸的船上和桐溪合流口停泊着的船尾船头，也看得出一点一点的火来。走过半山，桐君观里的晚祷钟鼓，似乎还没有息尽，耳朵里仿佛听见了几丝木鱼钲钹的残声。走上山顶，先在半途遇着了一道道观外围的女墙，这女墙的栅门，却已经掩上了。在栅门外徘徊了一刻，觉得已经到了此门而不进去，终于是不能满足我这一次暗夜冒险的好奇怪僻的。所以细想了几次，还是决心进去，非进去不可，轻轻用手往里面一推，栅门却呀的一声，早已退向了后方开开了，这门原来是虚掩在那里的。进了栅门，踏着为淡月所映照的石砌平路，向东向南的前走了五六十步，居然走到了道观的大门之外，这两扇朱红漆的大门，不消说是紧闭在那里的。到了此地，我却不想再破门进去了，因为这大门是朝南向着大江开的，门外头是一条一丈来宽的石砌步道，步道的一旁是道观的墙，一旁便是山坡，靠山坡的一面，并且还有一道两尺来高的石墙筑在那里，大约是代替栏杆，防人倾跌下山去的用意；石墙之上，铺的是两三尺宽的青石，在这似石栏又似石凳的墙上，尽可以坐卧游息，饱看桐江和对岸的风景，就是在这里坐它一晚，也很可以，我又何必去打开门来，惊起那些老道的噩梦呢！

空旷的天空里，流涨着的只是些灰白的云，云层缺处，原也看得出半角的天和一点两点的星，但看起来最饶风趣的，却仍是欲藏还露、将见仍无的那半规月影。这时候江面上似乎起了风，云脚的迁移，更来得迅速了，而低头向江心一看，几多散乱着的船里的灯光，也忽阴忽灭地变换了一变换位置。

这道观大门外的景色，真神奇极了。我当十几年前，在放浪的游程里，曾向瓜州京口一带，消磨过不少的时日；那时觉得果然名不虚传的，确是甘露寺外的江山，而现在到了桐庐，昏夜上这桐君山来一看，又觉得这江山之秀而且静，风景的整而不散，却非那天下第一江山的北固山所可与比拟的了。真也难怪得严子陵，难怪得戴徵士，倘使我若能在这样的地方结屋读书，以养天年，那还要什么的高官厚禄，还要什么的浮名虚誉哩？一个人在这桐君观前的石凳上，看看山。看看水，看看城中的灯火和天上的星云，更做做浩无边际的无聊的幻梦，我竟忘记了时刻，忘记了自身，直等到隔江的柝击声传来，向西一看，忽而觉得城中的灯影微茫地减了，才跑也似地走下了山来，渡江奔回了客舍。

第二日侵晨，觉得昨天在桐君观前做过的残梦正还没有续完的时候，窗外面忽而传来了一阵吹角的声音。好梦虽被打破，但因这同吹筚篥似的商音哀咽，却很含着些荒凉的古意，并且晓风残月，杨柳岸边，也正好候船待发，上严陵去；所以心里虽怀着了些儿怨恨，但脸上却只现出了一痕微笑，起来梳洗更衣，叫茶房去雇船去。雇好了一只双桨的渔舟，买就了些酒菜鱼米，就在旅馆前面的码头上上了船。轻轻向江心摇出去的时候，东方的云幕中间，已现出了几丝红韵，有八点多钟了；舟师急得厉害，只在埋怨旅馆的茶房，为什么昨晚不预先告诉，好早一点出发。因为此去就是七里滩头，无风七里，有风七十里，上钓台去玩一趟回来，路程虽则有限，但这几日风雨无常，说不定要走夜路，才回来得了的。

过了桐庐，江心狭窄，浅滩果然多起来了。路上遇着的来往的行舟，数目也是很少，因为早晨吹的角，就是往建德去的快班船的信号，快班船一开，来往于两岸之间的船就不十分多了。两岸全是青青的山，中间是一条清浅的水，有时候过一个沙洲，洲上的桃花菜花，还有许多不晓得名字的白色的花，正在喧闹着春暮，吸引着蜂蝶。我在船头上一口一口地喝着严东关的药酒，指东话西地问着船家，这是什么山，那是什么港，惊叹了半天，称颂了半天，人也觉得倦了，不晓得什么时候，身子却走上了一家水边的酒楼，在和数年不见的几位已经做了党官的朋友高谈阔论。谈论之余，还背诵了一首两三年前曾在同一的情形之下做成的歪诗：

不是尊前爱惜身，佯狂难免假成真。

曾因酒醉鞭名马，生怕情多累美人。

劫数东南天作孽，鸡鸣风雨海扬尘。

悲歌痛哭终何补，义士纷纷说帝秦。

直到盛筵将散，我酒也不想再喝了，和几位朋友闹得心里各自难堪，连对旁边坐着的两位陪酒的名花都不愿意开口。正在这上下不得的苦闷关头，船家却大声地叫了起来说：

“先生，罗芷过了，钓台就在前面，你醒醒吧，好上山去烧饭吃去。”

擦擦眼睛，整了一整衣服，抬起头来一看，四面的水光山色又忽而变了样子了。清清的一条浅水，比前又窄了几分，四围的山包得格外地紧了，仿佛是前无去路的样子。并且山容峻削，看去觉得格外地瘦格外地高。向天上地下四围看看，只寂寂的看不见一个人类。双桨的摇响，到此似乎也不敢放肆了，钩的一声过后，要好半天才来一个幽幽的回响，静，静，静，身边水上，山下岩头，只沉浸着太古的静、死灭的静，山峡里连飞鸟的影子也看不见半只。前面的所谓钓台山上，只看得见两大个石垒，一间歪斜的亭子，许多纵横芜杂的草木。山腰里的那座祠堂，也只露着些废垣残瓦，屋上面连炊烟都没有一丝半缕，像是好久好久没人住了的样子。并且天气又来得阴森，早晨曾经露一露脸过的太阳，这时候早已深藏在云堆里了，余下来的只是时有时无从侧面吹来的阴飕飕的半箭儿山风。船靠了山脚，跟着前面背着酒菜鱼米的船夫，走上严先生祠堂去的时候，我心里真有点害怕，怕在这荒山里要遇见一个干枯苍老得同丝瓜筋似的严先生的鬼魂。

在祠堂西院的客厅里坐定，和严先生的不知第几代的裔孙谈了几句关于年岁水旱的话后，我的心跳，也渐渐儿地镇静下去了，嘱托了他以煮饭烧菜的杂务，我和船家就从断碑乱石中间爬上了钓台。

东西两石垒，高各有二三百尺，离江面约两里来远，东西台相去，只有一两百步，但其间却夹着一条深谷。立在东台，可以看得出罗芷的人家，回头展望来路，风景似乎散漫一点，而一上谢氏的西台，向西望去，则幽谷里的清景，却绝对地不像是在人间了。我虽则没有到过瑞士，但到了西台，朝西一看，立时就想起了曾在照片上看见过的威廉退儿的祠堂。这四山的幽静，这江水的青蓝，简直同在画片上的珂罗版色彩，一色也没有两样；所不同的，就是在这儿的变化更多一点，周围的环境更芜杂不整齐一点而已，但这却是好处，这正是足以代表东方民族性的颓废荒凉的美。

从钓台下来，回到严先生的祠堂——记得这是洪杨以后严州知府戴槃重建的祠堂——西院里饱啖了一顿酒肉，我觉得有点酩酊微醉了。手拿着以火柴柄制成的牙签，走到东面供着严先生神像的龛前，向四面的破壁上一看，翠墨淋漓，题在那里的，竟多是些俗而不雅的过路高官的手笔。最后到了南面的一块白墙头上，在离屋檐不远的一角高处，却看到了我们的一位新近去世的同乡夏灵峰先生的四句似邵尧夫而又略带感慨的诗句。夏灵峰先生虽则只知崇古，不善处今，但是五十年来，像他那样的顽固自尊的亡清遗老，也的确是没有第二个人。比较起现在的那些官迷的南满尚书和东洋宦婢来，他的经术言行，姑且不必去论它，就是以骨头来称称，我想也要比什么罗三郎郑太郎辈，重到好儿百倍。慕贤的心一动，醺人的臭技自然是难熬了，堆起了几张桌椅，借得了一支破笔，我也在高墙上在夏灵峰先生的脚后放上了一个陈屁，就是在船舱的梦里，也曾微吟过的那一首歪诗。

从墙头上跳将下来，又向龛前天井去走了一圈，觉得酒后的喉咙，有点渴痒了，所以就又走回到了西院，静坐着喝了两碗清茶。在这四大无声，只听见我自己的啾啾喝水的舌音冲击到那座破院的败壁上去的寂静中间，同惊雷似的一晌，院后的竹园里却忽而飞出了一声闲长而又有节奏似的鸡啼的声来。同时在门外面歇着的船家，也走进了院门，高声地对我说：

"先生，我们回去吧，已经是吃点心的时候了，你不听见那只鸡在后山啼吗？我们回去吧！"

一九三二年八月在上海写

过富春江

前两天增嘏和他的妹妹，以及英国军官晏子少校（Major Edward Ainger）来杭州，我们于醉谈游步之余，还定下了一个上富春江去的计划。

这一位少校，实在有趣；在东方驻扎得久了，他非但生活习惯，都染了中国风，连他的容貌态度，也十足带着了中国气，他的身材本不十分高大，但背脊伛偻，同我们中国的中年人比较起来，向背后望去，简直是辨不出谁黄谁白；一般军人所特有的那一种挺胸凸肚、傲岸的气象，在他身上，是丝毫也不具的。他的两脚又像日本人似的向外弓曲，立起正来，中间会露出一条小缝，这当然因为他是骑兵，在马背上过日子过得多的缘故。

他虽则会开飞机，开汽车，划船，骑马，但不会走路；所以他说，他不喜欢山，却喜欢水！在西湖里荡了两日舟，他问起近边更还有什么好的地方没有，我们就决定了再陪他上富春江去的计划，好在汽车是他自己会开，有半日的工夫，就可以往返的。

驶过六和塔下，走上江边一带波形的道上的时候，他果然喜欢极了，他说这地方有点像日本的濑户内海。江潮落了，江水绿得迷人；而那一天午后，又是淡云微日的暮秋天，在太阳底下走起路来，还要出一点潮汗。过了梵村，驰上四面是小山、满望是稻田的杭富交界的平原里，景象又变了一变，他说只有美国东部的乡村里，有这一种干草黄时的和平村景，他倒又想起在美国时候的事情来了。

由富阳站里，沿了新开的那条环城马路，把车开到了鹳山脚下，一步登天，爬上春江第一楼头眺望的时候，他才吃了一惊，说这山水真像是摩西的魔术。因为车由凌家桥转弯，跑在杭富道上，所见的只是些青山平谷，茅舍枫林；到得富阳，沿了那座弓也似的舒姑屏山脚，驶入站里，也只能看到些错落的人家，与一排人家南岸的高山；就是到了东城脚下，在很狭的新筑马路上走下车来的一刻，没有到过富阳的人，也绝不会想到登山几步，就可以看见这一幅山重水复的黄子久的画图的。

我们在山头那株樟树下的石栏上坐了好久，增嘏并且还指着山下的一块汉高士严子陵先生垂钓处的石碑，将范文正公的祠堂记，以及上面七里泷边东台西台的故事，译给了这一位少校听。他听到了谢皋羽的西台恸哭的一幕，却兴奋起来了，说："为什么不拿这个故事来做一本戏剧？像席勒的《威廉退儿》一样，这地方倒也很可以起一座谢氏的祠堂。"

回来的时候，天色已经晚了；他一面开着车，眼睛呆呆看着远处，一面却幽幽地告诉我和增嘏说："我若要选择第二个国籍的话，那我情愿来做个中国人。"

车过分境岭后，他跳下车来，去看了一番建筑在近边山上的碉堡；我留在车里，陪伴着一位小姐、一位太太，从车窗里看见了他的那个向前微俯的背影，以及两脚蹒跚在斜阳衰草的山道上的缓步，我却突然间想起了一篇哈代的短篇，题名叫作《忧郁的骑兵》的小说。联想一活动，并且又想起刚才在鹳山上所谈的那一段话来了，皱鼻一哼，就哼出了这样的二十八字：

三分天下二分亡，四海何人吊国殇，
偶向西台台畔过，苔痕犹似泪淋浪。

双十节近在目前，我想将这几句狗屁诗来应景，把它当作国庆日的哀词，倒也使得。

一九三五年十月九日

西溪的晴雨

西北风未起，蟹也不曾肥，我原晓得芦花总还没有白，前两星期，源宁来看了西湖，说他倒觉得有点失望，因为湖光山色，太整齐，太小巧，不够味儿，他开来的一张节目上，原有西溪的一项；恰巧第二天又下了微雨，秋原和我就主张微雨里下西溪，好教源宁去尝一尝这西湖近旁的野趣。

天色是阴阴漠漠的一层，湿风吹来，有点冷，也有点香，香的是野草花的气息。车过方井旁边，自然又下车来，去看了一下那座天主圣教修士们的古墓。从墓门望进去，只是黑沉沉、冷冰冰的一个大洞，什么也看不见，鼻子里却闻吸到了一种霉灰的阴气。

把鼻子掀了两掀，耸了一耸肩膀，大家都说，可惜忘记带了电筒，但在下意识里，自然也有一种恐怖、不安和畏缩的心意，在那里作恶，直到花坞的溪旁，走进窗明几净的静莲庵（？）堂里坐下，喝了两碗清茶，这一些鬼胎，方才洗涤了个空空脱脱。

游西溪，本来是以松木场下船，带了酒盒行厨，慢慢儿地向西摇去为正宗。像我们那么高坐了汽车，飞鸣而过古荡、东岳，一个钟头要走百来里路的旅客，终于是难度的俗物，但是俗物也有俗益，你若坐在汽车座里，引颈而向西向北一望，直到湖州，只见一派空明，遥盖在淡绿成荫的斜平海上；这中间不见水，不见山，当然也不见人，只是渺渺茫茫，青青绿绿，远无岸，近亦无田园村落的一个大斜坡，过泰亭山后，一直到留下为止的那一条沿山大道上的景色，好处就在这里，尤其是当微雨朦胧，江南草长的春或秋的半中间。

从留下下船，回环曲折，一路向西向北，只在芦花浅水里打圈圈；圆桥茅舍，桑树蓼花，是本地的风光，还不足道；最古怪的，是剩在背后的一带湖上的青山，不知不觉，忽而又会得移上你的面前来，和你点一点头，又匆匆地别了。

摇船的少女，也正好算是西溪的一景；一个站在船尾把摇橹，一个坐在船头上使桨，身体一伸一俯，一往一来，和橹声的咿呀、水波的起落，凑合成一大又圆又曲的进行软调；游人到此，自然会想起瘦西湖边，竹西歌吹的闲情，而源宁昨天在漪园月下老人祠里求得的那枝灵签，仿佛是完全的应了，签诗的语文，是《鄘风·桑中》章末后的三句，叫作“期我乎桑中，要我乎上宫，送我乎淇之上矣”。

此后便到了交芦庵，上了弹指楼，因为是在雨里，带水拖泥，终于也感不到什么的大趣，但这一天向晚回来，在湖滨酒楼上放谈之下，源宁却一本正经地说：“今天的西溪，却比昨日的西湖，要好三倍。”

前天星期假日，日暖风和，并且在报上也曾看到了芦花怒放的消息；午后日斜，老龙夫妇，又来约去西溪，去的时候，太晚了一点，所以只在秋雪庵的弹指楼上，消磨了半日之半。一片斜阳，反照在芦花浅渚的高头，花也并未怒放，树叶也不曾凋落，原不见秋，更不见雪，只是一味地晴明浩荡，飘飘然，浑浑然，洞贯了我们的肠腑，老僧无相，烧了面，泡了茶，更送来了酒，末后还拿出了纸和墨，我们看看日影下的北高峰，看看庵旁边的芦花荡，就问无相，花要几时才能全白？老僧操着缓慢的楚国口音，微笑着说：

“总要到阴历十月的中间；若有月亮，更为出色。”说后，还提出了一个交换的条件，要我们到那时候，再去一玩，他当预备些精馔相待，聊当作润笔，可是今天的字，却非写不可。老龙写了“一剑横飞破六合，万家憔悴哭三吴”的十四个字，我也附和着抄了一副不知在哪里见过的联语：“春梦有时来枕畔，夕阳依旧上帘钩。”

喝得酒醉醺醺，走下楼来，小河里起了晚烟，船中间满载了黑暗，龙妇又逸兴遄飞，不知上哪里去摸出了一枝洞箫来吹着。“其声呜呜然，如怨如慕，如泣如诉，余音袅袅，不绝如缕”，倒真有点像是七月既望，和东坡在赤壁的夜游。

一九三五年十月二十二日

马六甲游记

为想把满身的战时尘渣暂时洗刷一下，同时，又可以把个人的神经，无论如何也负担不起的公的私的积累清算一下之故，毫无踌躇，飘飘然驶入了南海的热带圈内，如醉如痴，如在一个连续的梦游病里，浑浑然过去的日子，好像是很久很久了，又好像是有一日一夜的样子。实在是，在长年如盛夏、四季不分明的南洋过活，记忆力只会一天一天地衰弱下去，尤其是关于时日年岁的记忆，尤其是当踏上了一定的程序工作之后的精神劳动者的记忆。

某年月日，为替一爱国团体上演《原野》而揭幕之故，坐了一夜的火车，从新加坡到了吉隆坡。在卧车里鼾睡了一夜，醒转来的时候，填塞在左右的，依旧是不断的树胶园，满目的青草地，与在强烈的日光里反射着殷红色的墙瓦的小洋房。

揭幕礼行后，看戏看到了午夜，在李旺记酒家吃了一次朱植生先生特为筹设的消夜筵席之后，南方的白夜，也冷悄悄地酿成了一味秋意；原因是一阵豪雨，把路上的闲人，尽催归了梦里，把街灯的玻璃罩，也洗涤成了水样的澄清。倦游人的深夜的悲哀，忽而从驶回逆旅的汽车窗里，露了露面，仿佛是在很远很远的异国，偶尔见到了一个不甚熟悉的同坐过一次飞机或火车的偕行伙伴。这一种感觉，已经有好久好久不曾尝到了，这是一种在深夜当游倦后的哀思啊！

第二天一早起来，因有友人去马六甲之便，就一道坐上汽车，向南偏西，上山下岭，尽在树胶园椰子林的中间打圈圈，一直到过了丹平的关卡以后，样子却有点不同了。同模形似的精巧玲珑的马来人亚答屋的住宅，配合上各种不同的椰子树的阴影，有独木的小桥，有颈项上长着双峰的牛车，还有负载着重荷、在小山坳密林下来去的原始马来人的远景，这些点缀，分明在告诉我，是在南洋的山野里旅行。但偶一转向，车驶入了平原，则又天空开展，水田里的稻秆青葱，田塍树影下，还有一两个皮肤黝黑的农夫在默默地休息，这又像是在故国江南的旷野，正当五六月耕耘方起劲的时候。

到了马六甲，去海滨“彭大希利”的莱斯脱好坞斯（Rest House）去休息了一下，以后，就是参观古迹的行程了。导我们的先路的，是由何葆仁先生替我们去邀来的陈应桢、李君侠、胡健人等几位先生。

我们的路线，是从马六甲河西岸海滨的华侨银行出发，打从圣弗兰雪斯教堂的门前经过，先向市政厅所在的圣保罗山，亦叫作升旗山的古圣保罗教堂的废墟去致敬的。

这一块周围仅有七百二十英里方的马六甲市，在历史上、传说上，却是马来半岛，或者也许是南洋群岛中最古的地方，是在好久以前，就听人家说过的。第一，马六甲的这一个马来名字的由来，据说就是在十四世纪中叶，当新加坡的马来人，被爪哇西来的外人所侵略，酋长斯干达夏率领群众避至此地，息树荫下，偶问旁人以此树何名，人以“马六甲”对，于是这地方的名字，就从此定下了。而这一株有五六百年高寿的马六甲树，到现在也还婆娑独立在圣保罗的山下那一个旧式栈桥接岸的海滨。枝叶纷披，这树所覆的荫处，倒确有一连以上的士兵可扎营。

此外，则关于马六甲这名字的由来，还有酋长见犬鹿相斗，犬反被鹿伤的传说；另一说：则谓马六甲，系爪哇语“亡命”之意。或谓系爪哇人称巨港之音，巫来由即马六甲之变音。

这些倒还并不相干，因为我们的目的，只想去瞻仰那些古时遗下来的建筑物，和现时所看得到的风景之类；所以一过马六甲河，看见了那座古色苍然的荷兰式的市政厅的大门，就有点觉得在和数世纪前的彭祖老人说话了。

这一座门，尽以很坚强的砖瓦叠成，像低低的一个城门洞的样子；洞上一层，是施有雕刻的长方石壁，再上面，却是一个小小的钟楼似的塔顶。

在这里，又不得不简叙一叙马六甲的史实了：第一，这里当然是从新加坡西来的马来人所开辟的世界，这是在十四世纪中叶的事情。在这先头，从宋代的中国册籍（诸藩志）里，虽可以见到巨港王国的繁荣，但马六甲这一名，却未被发现。到了明朝，郑和下南洋的前后，马六甲就在中国书籍上渐渐知名了，这是十四世纪末叶的事情。在十六世纪初年，葡萄牙人第奥义·洛泊斯·特色开拉——（Diogo Lopez de Segueira）率领五艘海船到此通商，当为马六甲和西欧交通的开始时期。一千五百十一年，马六甲被亚儿封所·达儿勃开儿克（Alfonso dal Bugergue）所征服以后，南洋群岛就成了葡萄牙人独占的市场。其后荷兰继起，一千六百四十一年，马六甲便归入了荷人的掌握；现在所遗留的马六甲的史迹，以荷兰人的建筑物及墓碑为最多的原因，实在因为荷兰人在这里曾有过一百多年繁荣的历史的缘故。一七九五年，当拿破仑战争未息之前，马六甲管辖权移归了英国东印度公司。一八一五年因维也纳条约的结果，旧地复归还了荷属，等一八二四年的伦敦会议以后，英国终以苏门答腊和荷兰换回了这马六甲的治权。

关于马六甲的这一段短短的历史，简叙起来，也不过数百字的光景，可是这中间的杀伐流血，以及无名英雄的为国捐躯，为公殉义的伟烈丰功，又有谁能够仔细说得尽哩！

所以，圣保罗山下的市政厅大门，现在还有人在叫作“斯泰脱乎斯”的大门的，“斯泰脱乎斯”者，就是荷兰文——Stadt Huys的遗音，也就是英文Town House或City House的意思。

我们从市政厅的前门绕过，穿过图书馆的二楼，上阅兵台，到了旧圣保罗教堂的废墟门外的时候，前面那望楼上的旗帜已经在收下来了，正是太阳平西，将近午后四点钟的样子。伟大的圣保罗教堂，就单单只看了它的颓垣残垒，也可以想见得到当日的壮丽堂皇。迄今四五百年，雨打风吹，有几处早已没有了屋顶，但是周围的墙壁，以及正殿中上一层的石屋顶，仍旧是屹然不动，有泰山磐石般的外貌。我想起了三宝公到此地时的这周围的景象，我又想起了我们大陆国民不善经营海外殖民事业的缺憾；到现在被强邻压境，弄得半壁江山，尽染上腥污，大半原因，也就在这一点国民太无冒险心、国家太无深谋远虑的弱点之上。

市政厅的建筑全部，以及这圣保罗山的废墟，听说都由马六甲的史迹保存会的建议，请政府用意保护着的；所以直到数百年后的今日，我们还见得到当时的荷兰式的房屋，以及圣保罗教堂里的一个上面盖有小方格铁板的石穴。这石穴的由来，就因十六世纪中叶的圣芳济（St. Francis Xavier）去中国传教，中途病故，遗体于运往卧亚（Goa）之前，曾在此穴内埋葬过五个月（一五五三年三月至同年八月）的因缘。废墟的前后，尽是坟茔，而且在这废墟的堂上，圣芳济遗体虚穴的周围，也陈列着许多四五百年以前的墓碑。墓碑之中，以荷兰文的碑铭为最多，其间也还有一两块葡萄牙文的墓碑在哩!

参观了这圣保罗山以后，我们的车就遵行着“彭大希利”的大道，驶向了东面圣约翰山的故垒。这山头的故垒，还是葡萄牙人的建筑，炮口向内，用意分明是防止本土人的袭击的，炮垒中的堑壕坚强如故；听说还有一条地道，可以从这山顶通行到海边福脱路的旧叠门边。这时候夕阳的残照，把海水染得浓蓝，把这一座故垒，晒得赭黑，我独立在雉堞的缺处，向东面远眺了一回马来亚南部最高的一支远山，就也默默地想起了萨雁门的那一“六代豪华，春去也，更无消息”的金陵怀古之词。

从圣约翰山下来，向南洋最有名的那一个飞机型的新式病院前的武极巴拉（Bukit Palah）山下经过，赶上青云亭的坟山，去向三宝殿致敬的时候，平地上已经见不到阳光了。

三宝殿在青云亭坟山三宝山的西北麓，门朝东北，门前几棵红豆大树作旗幛。殿后有三宝井，听说井水甘洌，可以治疾病，市民不远千里，都来灌取。坟山中的古墓，有皇明碑纪的，据说现尚存有两穴。但我所见到的却是坟山北麓，离三宝殿约有数百步远的一穴黄氏的古茔。碑文记有“显考维弘黄公，妣寿姐谢氏墓，皇明壬戌仲冬谷旦，孝男黄子、黄辰同立”字样，自然是三百年以前，我们同胞的开荒远祖了。

晚上，在何葆仁先生的招待席散以后，我们又上中国在南洋最古的一间佛庙青云亭去参拜了一回。青云亭是明末遗民，逃来南洋，以帮会势力而扶植侨民利益的最古的一所公共建筑物。这庙的后进，有一神殿，供着两位明代表冠，发须楚楚的塑像，长生禄位牌上，记有开基甲国的甲必丹芳杨郑公及继理宏业的甲必丹君常李公的名字；在这庙的旁边一间碑亭里，听说还有两块石碑树立在那里，是记这两公的英伟事迹的，但因为暗夜无灯，终于没有拜读的机会。

走马看花，马六甲的五百年的古迹，总算匆匆地在半天之内看完了。于走回旅舍之前，又从歪斜得如中国街巷一样的一条娘惹街头经过，在昏黄的电灯底下谈着走着，简直使人感觉到不像是在异邦漂泊的样子。马六甲实在是名副其实的一座古城，尤其是从我们中国人看来。

回旅舍洗过了澡，含着纸烟，躺在回廊的藤椅上举头在望海角天空的时候，从星光里，忽而得着了一个奇想。譬如说吧，正当这一个时候，旅舍的侍者，可以拿一个名刺，带领一个人进来访我。我们中间可以展开一次上下古今的长谈。长谈里，可以有未经人道的史实，可以有悲壮的英雄抗敌的故事，还可以有缠绵哀艳的情史。于送这一位不识之客去后，看看手表，当在午前三四点钟的时候。我倘再回忆一下这一位怪客的谈吐、装饰，就可以发现他并不是现代的人。再寻他的名片，也许会寻不着了。第二天起来，若问侍者以昨晚你带来见我的那位客人（可以是我们的同胞，也可以是穿着传教士西装的外国人），究竟是谁，侍者们都可以一致否认，说并没有这一回事。这岂不是一篇绝好的小说吗？这小说的题目，并且也是现成的，就叫作“古城夜话”或“马六甲夜话”，岂不是就可以了吗？

我想着想着，抽尽了好几支烟卷，终于被海风所诱拂，沉入忘我的梦里去了。第二天的下午，同样的在柏油大道上飞驰了半天，在麻坡与峇株巴辖过了两渡，当黄昏的阴影盖上柔佛长堤桥面的时候，我又重回到了新加坡的市内。《马六甲夜话》《古城夜活》，这一篇——Imaginary Conversations——幻想中的对话录，我想总有一天会把它记叙出来。

小说

青　烟

寂静的夏夜的空气里闲坐着的我，脑中不知有多少愁思，在这里汹涌。看看这同绿水似的由蓝纱罩里透出来的电灯光，听听窗外从静安寺路上传过来的同倦了似的汽车鸣声，我觉得自家又回到了青年忧郁病时代去的样子，我的不值钱的眼泪，又映在我的颊上了。

抬头起来，我便能见得那催人老去的日历，时间一天一天地过去了，但是我的事业，我的境遇，我的将来，啊啊，吃尽了千辛万苦，自家以为已有些物事被我把握住了，但是放开紧紧捏住的拳头来一看，我手里只有一溜青烟！

世俗所说的“成功”，于我原似浮云。无聊的时候偶尔写下来的几篇概念式的小说，虽则受人攻击，我心里倒也没有什么难过，物质上的困迫，只教我自家能咬紧牙齿，忍耐一下，也没有些微关系，但是自从我生出之后，直到如今二十余年的中间，我自家播的种、栽的花，哪里有一枝是鲜艳的？哪里一枝曾经结过果来？啊啊，若说人的生活可以涂抹了改作的时候，我的第二次的生涯，决不愿意把它弄得同过去的二十年间的生活一样的！我从小若学作木匠，到今日至少也已有一两间房屋造成了。无聊的时候，跑到这所我所手造的房屋边上去看看，我的寂寥，一定能够轻减。我从少若学作裁缝，不消说现在定能把轻罗绣缎剪开来缝成好好的衫子了。无聊的时候，把我自家剪裁、自家缝纫的纤丽的衫裙，打开来一看，我的郁闷，也定能消杀下去。

但是无一技之长的我，从前还自家骗自家，老把古今文人所作成的杰作拿出来自慰，现在梦醒之后，看了这些名家的作品，只是愧耐，所以目下连饮鸩也不能止我的渴了，叫我还有什么法子来填补这胸中的空虚呢？

有几个在有钱的人翼下寄生着的新闻记者说：

“你们的忧郁，全是做作，全是无病呻吟，是丑态！”

我只求能够真真的如他们所说，使我的忧郁是假作的，那么就是被他们骂得再厉害一点，或者竟把我所有的几本旧书和几块不知从何处来的每日买面包的钱，给了他们，也是愿意的。

有几个为前面那样的新闻记者作奴仆的人说：

“你们在发牢骚，你们因为没有人来使用你们，在发牢骚！”

我只求我所发的是牢骚，那么我就是连现在正打算点火吸的这枝Felucca，给了他们都可以，因为发牢骚的人，总有一点自负，但是现在觉得自家的精神肉体，萎靡得同风的影子一样的我，还有一点什么可以自负呢？

有几个比较了解我性格的朋友说：

“你们所感得的是Toska，是现在中国人人都感得的。”

但是我若有这样的Myriad mind，我早成了Shakespeare了。

我的弟兄说：

“唉，可怜的你，正生在这个时候，正生在中国闹得这样的时候，难怪你每天只是郁郁的；跑上北又弄不好，跑上南又弄不好，你的忧郁是应该的，你早生十年也好，迟生十年也好……”

我无论在什么时候……听到这一句话，就会痛哭起来，但是你若再问一声，“你的忧郁的根源是在此了吗？”我定要张大了泪眼，对你摇几摇头说：

“不是，不是。”国家亡了有什么？亡国诗人 Sienkiewicz，不是轰轰烈烈地做了一世人吗？流寓在租界上的我的同胞不是个个都很安闲的吗？国家亡了有什么？……陆剑南的“王师北定中原日，家祭无忘告乃翁”的两句好诗，不是因国亡了才做得出来的吗？少年的血气干萎无遗的目下的我，哪里还有同从前那么的爱国热忱，我已经不是 Chauvinist 了。

窗外汽车声音渐渐地稀少下去了，苍茫六合的中间我只听见我的笔尖在纸上划字的声音。探头到窗外去一看，我只看见一弯黝黑的夏夜天空，淡映着几颗残星。我搁下了笔，在我这同火柴箱一样的房间里走了几步，只觉得一味凄凉寂寞的感觉，浸透了我的全身，我也不知道这忧郁究竟是从什么地方来的。

虽是刚过了端午节，但像这样暑热的深夜里，睡也睡不着的。我还是把电灯灭黑了，看窗外的景色吧。

窗外的空间只有错杂的屋脊和尖顶，受了几处瓦斯灯的远光，绝似电影的楼台，把它们的轮廓画在微茫的夜气里。四处都寂静了，我却听见微风吹动窗叶的声音，好像是大自然在那里幽幽叹气的样子。

远处又有汽车的喇叭声响了，这大约是西洋资本家的男女，从淫乐的裸体跳舞场回家去的凯歌吧……

我从窗口回到了座位里，把电灯拈开对镜子看了几分钟，觉得这清瘦的容貌，终究不是食肉之相。在这样无可奈何的时候，还是吸吸烟，倒可以把自家的思想统一起来，我擦了一支火柴，把一支 Felucca 点上了。深深地吸了一口，我仍复把这口烟完全吐上了电灯的绿纱罩子。绿纱罩的周围，同夏天的深山雨后似的，起了一层淡紫的云雾。呆呆地对这层云雾凝视着，我的身子好像是缩小了投乘在这淡紫的云雾中间。这层轻淡的云雾，一飘一扬地荡了开去，我的身体便化而为二，一个缩小的身子在这层雾里飘荡，一个原身仍坐在电灯的绿光下远远地守望着那青烟里的我。

A Phantom

已经是薄暮的时候了。

天空的周围，承受着落日的余晖，四边有一圈银红的彩带，向天心一步步变成了明蓝的颜色，八分满的明月，悠悠淡淡地挂在东半边的空中。几刻钟过去了，本来是淡白的月亮放起光来。月光下流着一条曲折的大江，江的两岸有郁茂的树林、空旷的沙渚。夹在树林沙渚中间，各自离开一里两里，更有几处疏疏密密的村落。村落的外边环抱着一群层叠的青山。当江流曲处，山冈亦折作弓形，白水的弓弦和青山的弓背中间，聚居了几百家人家，便是F县县治所在之地。与透明的清水相似的月光，平均地洒遍了这县城、江流、青山、树林和离县城一两里路的村落。黄昏的影子，各处都可以看得出来了。平时非常寂静的这F县城里，今晚上却带着些跃动的生气，家家的灯火点得比平时格外地辉煌，街上来往的行人也比平时格外地嘈杂，今晚的月亮，几乎要被小巧的人工比得羞涩起来了。这一天是旧历的五月初十。正是F县城里每年演戏行元帅会的日子。

一个年纪大约四十的清瘦的男子，当这黄昏时候，拖了一双走倦了的足慢慢地进了F县城的东门，踏着自家的影子，一步一步地夹在长街上行人中间向西走来，他的青黄的脸上露着一副惶恐的形容，额上眼下已经有几条皱纹了。嘴边上乱生在那里的一丛芜杂的短胡和身上穿着的一件龌龊的半旧竹布大衫，证明他是一个落魄的人。他的背脊屈向前面，一双同死鱼似的眼睛，尽在向前面和左旁右旁偷看。好像是怕人认识他的样子，也好像是在那里寻知己的人的样子。他今天早晨从H省城动身，一直走了九十里路，这时候才走到他廿年不见的故乡F城里。

他慢慢地走到了南城街的中心，停住了足向左右看了一看，就从一条被月光照得灰白的巷里走了进去。街上虽则热闹，但这条狭巷里仍是冷冷清清。向南转了一个弯，走到一家大墙门的前头，他迟疑了一会儿，便走过去了。走过了两三步，他又回了转来。向门里偷眼一看，他看见正厅中间桌上有一盏洋灯点在那里。明亮的洋灯光射到上首壁上，照出一张钟馗图和几副蜡笺的字对来。此外厅上空空寂寂，没有人影。他在门口走来走去地走了几遍，眼睛里放出了两道晶润的黑光，好像是要哭哭不出来的样子。最后他走转来过这墙门口的时候，里面却走出了一个与他年纪相仿的女人来。因为她走在他与洋灯的中间，所以他只看见她的蓬蓬的头发，映在洋灯的光线里。他急忙走过了三五步，就站住了。那女人走出了墙门，走上和他相反的方向去。他仍复走转来，追到了那女人的背后。那女人听见了他的脚步声忽儿把头朝了转来。他在灰白的月光里对她一看就好像触了电似的呆住了。那女人朝转来对他微微看了一眼，仍复向前走去。他就赶上一步，轻轻地问那女人说：

“嫂嫂这一家是姓于的人家吗？”

那女人听了这句问语，就停住了脚，回答他说：

“嗳！从前是姓于的，现在卖给了陆家了。”

在月光下他虽辨不清她穿的衣服如何，但她脸上的表情是很憔悴，她的话声是很凄楚的，他的问语又轻了一段，带起颤声来了。

“那么于家搬上哪里去了呢？”

“大爷在北京，二爷在天津。”

“他们的老太太呢？”

“婆婆去年故了。”

“你是于家的嫂嫂吗？”

“嗳！我是三房里的。”

“那么于家就是你一个人住在这里吗？”

“我的男人，出去了二十多年，不知道在什么地方，所以我也不能上北京去，也不能上天津去，现在在这里帮陆家烧饭。”

“噢噢！”

“你问于家干什么？”

“噢噢！谢谢……”

他最后的一句话讲得很幽，并且还没有讲完，就往后跑了。那女人在月光里呆看了一会儿他的背影，眼见得他的影子一步一步小了下去，同时又远远地听见了一声他的暗泣的声音，她的脸上也滚了两行眼泪出来。

月亮将要下山去了。

江边上除了几声懒懒的犬吠声外，没有半点生物的动静，隔江岸上，有几家人家，和几处树林，静静地躺在同霜华似的月光里。树林外更有一抹青山，如梦如烟地浮在那里。此时F城的南门江边上，人家已经睡尽了。江边一带的房屋，都披了残月，倒影在流动的江波里。虽是首夏的晚上，但到了这深夜，江上也有些微寒意。

停了一会儿有一群从戏场里回来的人，破了静寂，走过这南门的江上。一个人朝着江面说：

“好冷吓，我的毛发都竦竖起来了，不要有溺死鬼在这里讨替身哩！”

第二个人说：

“溺死鬼不要来寻着我，我家里还有老婆儿子要养的哩！”

第三个第四个人都哈哈地笑了起来。这一群人过去了之后，江边上仍复归还到一刻前的寂静状态去了。

月亮已经下山了，江边上的夜气，忽而变成了灰色。天上的星宿，一颗颗放起光来，反映在江心里。这时候南门的江边上又闪出了一个瘦长的人影，慢慢地在离水不过一两尺的水际徘徊。因为这人影的行动很慢，所以它的出现，并不能破坏江边上的静寂的空气。但是几分钟后这人影忽而投入了江心，江波激动了，江边上的沉寂也被破了。江上的星光摇动了一下，好似天空掉下来的样子。江波一圆一圆地阔大开来，映在江波里的星光也随而一摇一摇地动了几动。人身入水的声音和江上静夜里生出来的反响与江波的圆圈消灭的时候，灰色的江上仍复有死灭的寂静支配着，去天明的时候，正还远哩！

Epilogue

我呆呆地对着了电灯的绿光，一枝一枝把我今晚刚买的这一包烟卷差不多吸完了。远远的鸡鸣声和不知从何外来的汽笛声，断断续续地传到我的耳膜上来，我的脑筋就联想到天明上去。

可不是吗？你看！那窗外的屋瓦，不是一行一行地看得清楚了吗？

啊啊，这明蓝的天色！

是黎明期了！

啊呀，但是我又在窗下听见了许多洗便桶的声音。这是一种象征，这是一种象征。我们中国的所谓黎明者，便是秽浊的手势戏的开场呀！

一九二三年旧历五月十日午前四时

春风沉醉的晚上

一

在沪上闲居了半年，因为失业的结果，我的寓所迁移了三处。最初我住在静安寺路南的一间同鸟笼似的永也没有太阳晒着的自由的监房里。这些自由的监房的住民，除了几个同强盗小窃一样的凶恶裁缝之外，都是些可怜的无名文士，我当时所以送了那地方一个 Yellow Grub Street 的称号。在这 Grub Street 里住了一个月，房租忽涨了价，我就不得不拖了几本破书，搬上跑马厅附近一家相识的栈房里去。后来在这栈房里又受了种种逼迫，不得不搬了，我便在外白渡桥北岸的邓脱路中间，日新里对面的贫民窟里，寻了一间小小的房间，迁移了过去。

邓脱路的这几排房子，从地上量到屋顶，只有一丈几尺高。我住的楼上的那间房间，更是矮小得不堪。若站在楼板上伸一伸懒腰，两只手就要把灰黑的屋顶穿通的。从前面的巷里踱进了那房子的门，便是房主的住房。在破布、洋铁罐、玻璃瓶、旧铁器堆满的中间，侧着身子走进两步，就有一张中间有几根横档跌落的梯子靠墙摆在那里。用了这张梯子往上面的黑黝黝的一个两尺宽的洞里一接，即能走上楼去。黑沉沉的这层楼上，本来只有猫额那样大，房主人却把它隔成了两间小房，外面一间是一个 N 烟公司的女工住在那里，我所租的是梯子口头的那间小房，因为外间的住者要从我的房里出入，所以我的每月的房租要比外间的便宜几角小洋。

我的房主，是一个五十来岁的弯腰老人。他的脸上的青黄色里，映射着一层暗黑的油光。两只眼睛是一只大一只小，颧骨很高，额上颊上的几条皱纹里满砌着煤灰，好像每天早晨洗也洗不掉的样子。他每日于八九点钟的时候起来，咳嗽一阵，便挑了一只竹篮出去，到午后的三四点钟总仍旧是挑了一只空篮回来的，有时挑了满担回来的时候，他的竹篮里便是那些破布、破铁器、玻璃瓶之类。像这样的晚上，他必要去买些酒来喝喝，一个人坐在床沿上瞎骂出许多不可捉摸的话来。

我与间壁的同寓者的第一次相遇，是在搬来的那天午后。春天的急景已经快晚了的五点钟的时候，我点了一支蜡烛，在那里安放几本刚从栈房里搬过来的破书。先把它们叠成了两方堆，一堆小些，一堆大些，然后把两个两尺长的装画的画架覆在大一点的那堆书上。因为我的器具都卖完了，这一堆书和画架白天要当写字台，晚上可当床睡的。摆好了画架的板，我就朝着了这张由书叠成的桌子，坐在小一点的那堆书上吸烟，我的背系朝着梯子的接口的。我一边吸烟，一边在那里呆看放在桌子上的蜡烛火，忽而听见梯子口上起了响动。回头一看，我只见了一个自家的扩大的投射影子，此外什么也辨不出来，但我的听觉分明告诉我说："有人上来了。"我向暗中凝视了几秒钟，一个圆形灰白的面貌，半截纤细的女人的身体，方才映到我的眼帘上来。一见了她的容貌，我就知道她是我的间壁的同居者了。因为我来找房子的时候，那房主的老人便告诉我说，这屋里除了他一个人外，楼上只住着一个女工。我一则喜欢房价的便宜，二则喜欢这屋里没有别的女人小孩，所以立刻就租定了的。等她走上了梯子，我才站起来对她点了点头说：

“对不起，我是今朝才搬来的。以后要请你照应。”

她听了我这话，也并不回答，放了一双漆黑的大眼，对我深深地看了一眼，就走上她的门口去开了锁，进房去了。我与她不过这样的见了一面，不晓是什么原因，我只觉得她是一个可怜的女子。她的高高的鼻梁、灰白长圆的面貌、清瘦不高的身体，好像都是表明她是可怜的特征。但是当时正为了生活问题在那里操心的我，也无暇去怜惜这还未曾失业的女工，过了几分钟我又动也不动地坐在那一小堆书上看蜡烛光了。

在这贫民窟里过了一个多礼拜，她每天早晨七点钟去上工和午后六点多钟下工回来，总只见我呆呆地对着了蜡烛或油灯坐在那堆书上。大约她的好奇心被我那痴不痴呆不呆的态度挑动了吧，有一天她下了工走上楼来的时候，我依旧和第一天一样地站起来让她过去。她走到了我的身边忽而停住了脚，看了我一眼，吞吞吐吐好像怕什么似的问我说：

“你天天在这里看的是什么书？”

（她操的是柔和的苏州音，听了这一种声音以后的感觉，是怎么也写不出来的，所以我只能把她的言语译成普通的白话。）

我听了她的话，反而脸上涨红了。因为我天天呆坐在那里，面前虽则有几本外国书摊着，其实我的脑筋昏乱得很，就是一行一句也看不进去。有时候我只用了想象在书的上一行与下一行中间的空白里，填些奇异的模型进去。有时候我只把书里边的插画翻开来看看，就了那些插画演绎些不近人情的幻想出来。我那时候的身体因为失眠与营养不良的结果，实际上已经成了病的状态了。况且又因为我的唯一的财产的一件棉袍子已经破得不堪，白天不能走出外面去散步和房里全没有光线进来，不论白天晚上，都要点着油灯或蜡烛的缘故，非但我的全部健康不如常人，就是我的眼睛和脚力，也局部的非常萎缩了。在这样状态下的我，听了她这一问，如何能够不红起脸来呢？所以我只是含含糊糊地回答说：

“我并不在看书，不过什么也不做呆坐在这里，样子一定不好看，所以把这几本书摊放着的。”

她听了这话，又深深地看了我一眼，作了一种不了解的形容，依旧走到她的房里去了。

那几天里，若说我完全什么事情也不去找，什么事情也不曾干，却是假的。有时候，我的脑筋稍微清新一点下来，也曾译过几首英法的小诗和几篇不满四千字的德国的短篇小说，于晚上大家睡熟的时候，不声不响地出去投邮，在寄投给各新开的书局。因为当时我的各方面就职的希望，早已经完全断绝了，只有这一方面，还能靠了我的枯燥的脑筋，想想法子看。万一中了他们编辑先生的意，把我译的东西登了出来，也不难得着几块钱的酬报。所以我自迁移到邓脱路以后，当她第一次同我讲话的时候，这样的译稿已经发出了三四次了。

二

在乱昏昏的上海租界里住着，四季的变迁和日子的过去是不容易觉得的。我搬到了邓脱路的贫民窟之后，只觉得身上穿在那里的那件破棉袍子一天一天地重了起来，热了起来，所以我心里想：

“大约春光也已经老透了吧！”

但是囊中很羞涩的我，也不能上什么地方去旅行一次，日夜只是在那暗室的灯光下呆坐。有一天，大约是午后了，我也是这样地坐在那里，间壁的同住者忽而手里拿了两包用纸包好的物件走了上来，我站起来让她走的时候，她把手里的纸包放了一包在我的书桌上说：

“这一包是葡萄浆的面包，请你收藏着，明天好吃的。另外我还有一包香蕉买在这里，请你到我房里来一道吃吧！”

我替她拿住了纸包，她就开了门邀我进她的房间里去。共住了这十几天，她好像已经信用我是一个忠厚的人的样子。我见她初见我的时候脸上流露出来的那一种疑惧的形容完全没有了。我进了她的房里，才知道天还未暗，因为她的房里有一扇朝南的窗，太阳反射的光线从这窗里投射进来，照见了小小的一间房，由两条板铺成的一张床，一张黑漆的半桌，一只板箱和一只圆凳。床上虽则没有帐子，但堆着有两条洁净的青布被褥。半桌上有一只小洋铁箱摆在那里，大约是她的梳头器具，洋铁箱上已经有许多油污的点子了。她一边把堆在圆凳上的几件半旧的洋布棉袄、粗布裤等收在床上，一边就让我坐下。我看了她那殷勤待我的样子，心里倒不好意思起来，所以就对她说：

“我们本来住在一处，何必这样的客气。”

“我并不客气，但是你每天当我回来的时候，总站起来让路，我却觉得对不起得很。”

这样地说着，她就把一包香蕉打开来让我吃。她自家也拿了一只，在床上坐下，一边吃一边问我说：

“你何以只住在家里，不出去找点事情做做？”

“我原是这样地想，但是找来找去总找不着事情。”

“你有朋友吗？”

“朋友是有的，但是到了这样的时候，他们都不和我来往了。”

“你进过学堂吗？”

“我在外国的学堂里曾经念过几年书。”

“你家在什么地方？何以不回家去？”

她问到了这里，我忽而感觉到我自己的现状了。因为自去年以来，我只是一日一日地萎靡下去，差不多把“我是什么人”“我现在所处的是怎么一种境遇”“我的心里还是悲还是喜”这些观念都忘掉了。经她这一问，我重新把半年来困苦的情形一层一层地想了出来。所以听她的问话以后，我只是呆呆地看她，半晌说不出话来。她看了我这个样子，以为我也是一个无家可归的流浪人，脸上就立时起了一种孤寂的表情，微微地叹着说：

“唉！你也是同我一样的吗？”

微微地叹了一声之后，她就不说话了。我看她的眼圈上有些潮红起来，所以就想了一个另外的问题问她说：

“你在工厂里做的是什么工作？”

“是包纸烟的。”

“一天作几个钟头工？”

“早晨七点钟起，晚上六点钟止，中午休息一个钟头，每天一共要作十个钟头的工。少作一点钟就要扣钱的。”

“扣多少钱？”

“每月九块钱，所以是三块钱十天，三分大洋一个钟头。”

“饭钱多少？”

“四块钱一月。”

“这样算起来，每月一个钟头也不休息，除了饭钱，可省下五块钱来。够你付房钱买衣服的吗？”

“哪里够呢！并且那管理人又……啊啊！……我……我所以非常恨工厂的。你吸烟的吗？”

“吸的。”

“我劝你顶好还是不吸。就吸也不要去吸我们工厂的烟。我真恨死它在这里。”

我看看她那一种切齿怨恨的样子，就不愿意再说下去。把手里捏着的半个吃剩的香蕉咬了几口，向四边一看，觉得她的房里也有些灰黑了，我站起来道了谢，就走回到了我自己的房里。她大约做工倦了的缘故，每天回来大概是马上就入睡的，只有这一晚上，她在房里好像是直到半夜还没有就寝。从这一回之后，她每天回来，总和我说几句话。我从她自家的口里听得，知道她姓陈，名叫二妹，是苏州东乡人，从小系在上海乡下长大的。她父亲也是纸烟工厂的工人，但是去年秋天死了。她本来和她父亲同住在那间房里，每天同上工厂去的，现在却只剩了她一个人了。她父亲死后的一个多月，她早晨上工厂去也一路哭了去，晚上回来也一路哭了回来的。她今年十七岁，也无兄弟姊妹，也无近亲的亲戚。她父亲死后的葬殓等事，是他于未死之前把十五块钱交给楼下的老人，托这老人包办的。她说：

“楼下的老人倒是一个好人，对我从来没有起过坏心，所以我得同父亲在日一样地去做工；不过工厂的一个姓李的管理人却坏得很，知道我父亲死了，就天天想戏弄我。”

她自家和她父亲的身世，我差不多全知道了，但她母亲是如何的一个人，死了呢还是活在哪里,假使还活着,住在什么地方等,她却从来还没有说及过。

三

天气好像变了。几日来我那独有的世界，黑暗的小房里的腐浊的空气，同蒸笼里的蒸汽一样，蒸得人头昏欲晕。我每年在春夏之交要发的神经衰弱的重症，遇了这样的气候，就要使我变成半狂。所以我这几天来，到了晚上，等马路上人静之后，也常常走出去散步去。一个人在马路上从狭隘的深蓝天空里看看群星，慢慢地向前行走，一边作些漫无涯涘的空想，倒是于我的身体很有利益。当这样的无可奈何，春风沉醉的晚上，我每要在各处乱走，走到天将明的时候才回家里。我这样地走倦了回去就睡，一睡直可睡到第二天的日中，有几次竟要睡到二妹下工回来的前后方才起来。睡眠一足，我的健康状态也渐渐地回复起来了。平时只能消化半磅面包的我的胃部，自从我的深夜游行的练习开始之后，进步得几乎能容纳面包一磅了。这事在经济上虽则是一大打击，但我的脑筋，受了这些滋养，似乎比从前稍能统一。我于游行回来之后，就睡之前，却做成了几篇 Allan Poe 式的短篇小说，自家看看，也不很坏。我改了几次，抄了几次，一一投邮寄出之后，心里虽然起了些微细的希望，但是想想前几回的译稿的绝无消息，过了几天，也便把它们忘了。

邻住者的二妹，这几天来，当她早晨出去上工的时候，我总在那里酣睡，只有午后下工回来的时候，有几次有见面的机会。但是不晓是什么原因，我觉得她对我的态度，又回到从前初见面的时候的疑惧状态去了。有时候她深深地看我一眼，她的黑晶晶、水汪汪的眼睛里，似乎是满含着责备我规劝我的意思。

我搬到这贫民窟里住后，已经有二十多天的样子。一天午后我正点上蜡烛，在那里看一本从旧书铺里买来的小说的时候，二妹却急急忙忙地走上楼来对我说：

“楼下有一个送信的在那里，要你拿了印子去拿信。”

她对我讲这话的时候，她的疑惧我的态度更表示得明显，她好像在那里说：“呵呵，你的事件是发觉了啊！”我对她这种态度，心里非常痛恨，所以就气急了一点，回答她说：

“我有什么信？不是我的！”

她听了我这气愤愤的回答，更好像是得了胜利似的，脸上忽涌出了一种冷笑说：

“你自家去看吧！你的事情，只有你自家知道的！”

同时我听见楼底下门口果真有一个邮差似的人在催着说：

“挂号信！”

我把信取来一看，心里就突突地跳了几跳，原来我前回寄去的一篇德文短篇的译稿，已经在某杂志上发表了，信中寄来的是五元钱的一张汇票。我囊里正是将空的时候，有了这五元钱，非但月底要预付的来月的房金可以无忧，并且付过房金以后，还可以维持几天食料。当时这五元钱对我的效用的广大，是谁也不能推想得出来的。

第二天午后，我上邮局去取了钱，在太阳晒着的大街上走了一会儿，忽而觉得身上就淋出了许多汗来。我向我前后左右的行人一看，复向我自家的身上一看，就不知不觉地把头低俯了下去。我颈上头上的汗珠，更同盛雨似的，一颗一颗地钻出来了。因为当我在深夜游行的时候，天上并没有太阳，并且料峭的春寒，于东方微白的残夜，老在静寂的街巷中留着，所以我穿的那件破棉袍子，还觉得不十分与节季违异。如今到了阳和的春日晒着的这日中，我还不能自觉，依旧穿了这件夜游的敝袍，在大街上阔步，与前后左右的和节季同时进行的我的同类一比，我哪得不自惭形秽呢？我一时竟忘了几日后不得不付的房金，忘了囊中本来将尽的些微的积聚，便慢慢地走上了闸路的估衣铺去。好久不在天日之下行走的我，看看街上来往的汽车人力车，车中坐着的华美的少年男女，和马路两边的绸缎铺金银铺窗里的丰丽的陈设，听听四面的同蜂衙似的嘈杂的人声，脚步声，车铃声，一时倒也觉得是身到了大罗天上的样子。我忘记了我自家的存在，也想和我的同胞一样地欢歌欣舞起来，我的嘴里便不知不觉地唱起几句久忘了的京调来了。这一时的涅槃幻境，当我想横越过马路，转入闸路去的时候，忽而被一阵铃声惊破了。我抬起头来一看，我的面前正冲来了一乘无轨电车，车头上站着的那肥胖的机械手，伏出了半身，怒目地大声骂我说：

“猪头三！侬（你）艾（眼）睛勿散（生）咯！跌杀时，叫旺（黄）够（狗）抵侬（你）命噢！”

我呆呆地站住了脚，目送那无轨电车尾后卷起了一道灰尘，向北过去之后，不知是从何处发出来的感情，忽而竟禁不住哈哈哈哈地笑了几声。等得四面的人注视我的时候，我才红了脸慢慢地走向了闸路里去。

我在几家估衣铺里，问了些夹衫的价钱，还了他们一个我所能出的数目。

几个估衣铺的店员，好像是一个师父教出的样子，都摆下了脸面，嘲弄着说：

“侬（你）寻萨咯（什么）凯（开）心！马（买）勿起好勿要马（买）咯！”

一直问到五马路边上的一家小铺子里，我看看夹衫是怎么也买不成了，才买定了一件竹布单衫，马上就把它换上。手里拿了一包换下的棉袍子，默默地走回家来。一边我心里却在打算：

“横竖是不够用了，我索性来痛快地用它一下吧。”同时我又想起了那天二妹送我的面包香蕉等物。不等第二次的回想，我就寻着了一家卖糖食的店，进去买了一块钱巧克力、香蕉糖、鸡蛋糕等杂食。站在那店里，等店员在那里替我包好来的时候，我忽而想起我有一月多不洗澡了，今天不如顺便也去洗一个澡吧。

洗好了澡，拿了一包棉袍子和一包糖食，回到邓脱路的时候，马路两旁的店家，已经上电灯了。街上来往的行人也很稀少，一阵从黄浦江上吹来的日暮的凉风，吹得我打了几个冷痉。我回到了我的房里，把蜡烛点上，向二妹的房门一照，知道她还没有回来。那时候我腹中虽则饥饿得很，但我刚买来的那包糖食怎么也不愿意打开来，因为我想等二妹回来同她一道吃。我一边拿出书来看，一边口里尽在咽唾液下去。等了许多时候，二妹终不回来，我的疲倦不知什么时候出来战胜了我，就靠在书堆上睡着了。

四

二妹回来的响动把我惊醒的时候，我见我面前的一支十二盎司一包的洋蜡烛已经点去了两寸的样子，我问她是什么时候了。她说：

“十点的汽笛刚刚放过。”

“你何以今天回来得这样迟？”

“厂里因为销路大了，要我们做夜工。工钱是增加的，不过人太累了。”

“那你可以不去做的。”

“但是工人不够，不做是不行的。”

她讲到这里，忽而滚了两粒眼泪出来，我以为她是做工做得倦了，故而动了伤感，一边心里虽在可怜她，但一边看了她这同小孩似的脾气，却也感着了些儿快乐。把糖食包打开，请她吃了几颗之后，我就劝她说：

“初做夜工的时候不惯，所以觉得困倦，做惯了以后，也没有什么的。”

她默默地坐在我的半高的由书叠成的桌上，吃了几颗巧克力，对我看了几眼，好像是有话说不出来的样子。我就催她说：

“你有什么话说？”

她又沉默了一会儿，便断断续续地问我说：

“我……我……早想问你了，这几天晚上，你每晚在外边，可在与坏人作伙友吗？”

我听了她这话，倒吃了一惊，她好像在疑我天天晚上在外面与小窃恶棍混在一块。她看我呆了不答，便以为我的行为真的被她看破了，所以就柔柔和和地连续着说：

“你何苦要吃这样好的东西，要穿这样好的衣服？你可知道这事情是靠不住的。万一被人家捉了去，你还有什么面目做人。过去的事情不必去说它，以后我请你改过了吧。……”

我尽是张大了眼睛，张大了嘴，呆呆地在看她，因为她的思想太奇突了，使我无从辩解起。她沉默了数秒钟，又接着说：

“就以你吸的烟而论，每天若戒绝了不吸，岂不可省几个铜子。我早就劝你不要吸烟，尤其是不要吸那我所痛恨的N工厂的烟，你总是不听。”

她讲到了这里，又忽而落了几滴眼泪。我知道这是她为怨恨N工厂而滴的眼泪，但我的心里，怎么也不许我这样地想，我总要把它们当作因规劝我而洒的。我静静儿地想了一会儿，等她的神经镇静下去之后，就把昨天的那封挂号信的来由说给她听，又把今天的取钱买物的事情说了一遍，最后更将我的神经衰弱症和每晚何以必要出去散步的原因说了。她听了我这一番辩解，就信用了我，等我说完之后，她颊上忽而起了两点红晕，把眼睛低下去看着桌上，好像是怕羞似的说：

"噢，我错怪你了，我错怪你了。请你不要多心，我本来是没有歹意的。因为你的行为太奇怪了，所以我想到了邪路里去。你若能好好儿地用功，岂不是很好吗？你刚才说的那——叫什么的——东西，能够卖五块钱，要是每天能做一个，多么好呢？"

我看了她这种单纯的态度，心里忽而起了一种不可思议的感情，我想把两只手伸出去拥抱她一回，但是我的理性却命令我说：

"你莫再作孽了！你可知道你现在处的是什么境遇！你想把这纯洁的处女毒杀了吗？恶魔，恶魔，你现在是没有爱人的资格的呀！"

我当那种感情起来的时候，曾把眼睛闭上了几秒钟，等听了理性的命令以后，才把眼睛开了开来，我觉得我的周围，忽而比前几秒钟更光明了。对她微微地笑了一笑，我就催她说：

"夜也深了，你该去睡了吧！明天你还要上工去的呢！我从今天起，就答应你把纸烟戒下来吧！"

她听了我这话，就站了起来，很喜欢地回到她的房里去睡了。

她去之后，我又换上一支洋蜡烛，静静地想了许多事情：

“我的劳动的结果，第一次得来的这五块钱已经用去了三块了。连我原有的一块多钱合起来，付房钱之后，只能省下两三角小洋来，如何是好呢！

“就把这破棉袍子去当吧！但是当铺里恐怕不要。

“这女孩子真是可怜，但我现在的境遇，可是还赶她不上，她是不想做工而工作要强迫她做，我是想找一点工作，终于找不到。

“就去作筋肉的劳动吧！啊啊，但是我这一双弱腕，怕吃不下一部黄包车的重力。

“自杀！我有勇气，早就干了。现在还能想到这两个字，足证我的志气还没有完全消磨尽哩！

“哈哈哈哈！今天的那无轨电车的机械手！他骂我什么来？

“黄狗，黄狗倒是一个好名词。

“……”

我想了许多零乱断续的思想，终究没有一个好法子，可以救我出目下的穷状来。听见工厂的汽笛，好像在报十二点钟了，我就站了起来，换上了白天那件破棉袍子，仍复吹熄了蜡烛，走出外面去散步。

贫民窟里的人已经睡眠静了。对面日新里的一排临邓脱路的洋楼里，还有几家点着了红绿的电灯，在那里弹罢拉拉衣加。一声两声清脆的歌音，带着哀调，从静寂的深夜的冷空气里传到我的耳膜上来，这大约是俄国的漂泊的少女，在那里卖钱的歌唱。天上罩满了灰白的薄云，同腐烂的尸体似的沉沉地盖在那里。云层破处也能看得出一点两点星来，但星的近处，黝黝看得出来的天色，好像有无限的哀愁蕴藏着的样子。

一九二三年七月十五日

考　试

这一个人，现在已经不在世上了；而他的死的原因，一直到现在还没有明白。

他的面貌很清秀，不像是一个北方人。我和他初次在教室里见面的时候，总以为他是江浙一带的学生；后来听他和先生说话的口气，才知道他是北直隶产。在学校的寄宿舍里和他同住了两个月，在图书室里和他见了许多次数的面，又在一个礼拜六的下午，和他同出西便门去骑了一次骡子，才知道他是京兆的乡下，去京城只有十八里地的殷家集的农家之子，是在北京师范毕业之后，考入这师范大学里来的。

一班新进学校的同学，都是趾高气扬的青年，只有他，貌很柔和，人很谦逊，穿着一件青竹布的大褂，上课的第一天，就很勤恳地拿了一支铅笔和一册笔记簿，在那里记录先生所说的话。

当时我初到北京，朋友很少。见了一般同学，又只是心虚胆怯，恐怕我的穷状和浅学被他们看出，所以到学校后的一个礼拜之中，竟不敢和同学攀谈一句话。但是对于他，我心里却很感着几分亲热，因为他的坐位，是在我的前一排，他的一举一动，我都默默地在那里留心的看着，所以对于他的那一种谦恭的样子及和我一样的那种沉默怕羞的态度，心里却早起了共鸣。

是我到学校后第二个星期的一天早晨，我一早就起了床，一个人在操场里读英文。当我读完了一节，静静地在翻阅后面的没有教过的地方的时候，我忽而觉得背后仿佛有人立在那里的样子。回头来一看，果然看见他含了笑，也拿了一本书，立在我的背后去墙不过二尺的地方，在那里对我看着。我回过头来看他的时候，同时他就对我说："您真用功啊！"我倒被他说得脸红了，也只好笑着对他说："您也用功得很！"

从这一回之后，我们俩就谈起天来了。两个月之后，因为和他在图书室里老是在一张桌上看书的原因，所以交情尤其觉得亲密。有一天礼拜六，天气特别的好，前夜下的雨，把轻尘压住，晚秋的太阳晒得和暖可人，又加以午后一点钟教育史，先生请假，吃了中饭之后，两个人在阅报室里遇见了，便不约而同的说出了一句话来：

"天气真好极了，上哪儿去散散步吧！"

我对北京的地理不熟悉，所以一个人不大敢跑出去。到京住了两月之久，在礼拜天和假日里去过的地方，只有三殿和中央公园。那一天因为天气太好，很想上郊外去走走，一见了他，就临时想定了主意，喊出了那一句话来。同时他也仿佛在那里想上城外去跑，见了我，也自然而然地发了这一个提议，所以我们俩不待说第二句话，就走上了向校门的那条石砌的大路。走出校门之后，第二个问题就起来了。"上哪里去呢？"

在琉璃厂正中的那条大道上，朝南迎着日光走了几步，他就笑着问我说："李君，你会骑骡儿不会？"

我在苏州住中学住过四年，骡子是当然会骑的，听了他那一句话，忽而想起了中学时代骑骡子上虎丘去的兴致来，所以马上就赞成说："北京也有骡子吗？让我们去骑骑试试！"

“骡儿多得很，一出城门就有，我就怕你不会骑呀。”

“我骑倒是会骑的。”

两人说说走走，到西便门附近的时候，已经是快两点了。雇好了骡子，骑向白云观去的路上，身上披满了黄金的日光，肺部饱吸着西山的爽气，我们两人觉得做皇帝也没有这样的快乐。

北京的气候，一年中以这一个时期为最好。天气不寒不热，大风期还没有到来。净碧的长空，返映着远山的浓翠，好象是大海波平时的景象。况且这一天午后，刚当前夜小雨之余，路上微尘不起，两旁的树叶还未落尽的洋槐，榆树的枝头，青翠欲滴，大有首夏清和的意思。

出了西便门，野田里的黍稷都已收割起了，农夫在那里耕锄播种的地方也有，但是大半的地上都还清清楚楚地空在那里。

我们骑过了那乘石桥，从白云观后远看西山的时候，两个人不知不觉的对视了一回，各作了一种会心的微笑，又同发了一声赞叹：

“真好极了！”

出城的时候，骡儿跑得很快，所以在白云观里走了一阵出来，太阳还是很高。他告诉我说：

“这白云观，是道士们会聚的地方。清朝慈禧太后也时常来此宿歇。每年正月自初一起到十八止，北京的妇女们游冶子来此地烧香驰马的，路上满都挤着。那时候桥洞底下，还有老道坐着，终日不言不语，也不吃东西，说是得道的。老人堂里更坐着一排白发的道士，身上写明几百岁几百岁，骗取女人们的金钱不少。这一种妖言惑众的行为，实在应该禁止的，而北京当局者的太太小姐们还要前来膜拜施舍，以夸她们的阔绰，你说可气不可气？”

这也是令我佩服他不止的一个地方，因为我平时看见他尽是一味地在那里用功，然而谈到了当时的政治及社会的陋习，他却慷慨激昂，讲出来的话句句中肯，句句有力，不像是一个读书的人。尤其是对于时事，他发的议论，激烈得很，对于那些军阀官僚，骂得淋漓尽致。

我们走出了白云观，因为时候还早，所以又跑上前面天宁寺的塔下去了一趟。寺里有兵驻扎在那里，不准我们进去，他去交涉了一番，也终于不行。所以在回来的路上，他又切齿地骂了一阵："这些狗东西，我总得杀他们干净。我们百姓的儿女田庐，都被他们侵占尽了。总有一天报他们的仇。"

经过了这一次郊外游行之后，我们的交情又进了一步。上课的时候，他坐在我的前头，我坐在他的后一排，进出当然是一道。寝室本来是离开两间的，然而他和一位我的同房间的办妥了交涉，竟私下搬了过来。在图书室里，当然是一起的。自修室却没有法子搬拢来，所以只有自修的时候，我们两人不能同伴。

每日的日课，大抵是一定的。平常的时候，我们都到六点半钟就起床，拿书到操场上去读一个钟头。早饭后上课，中饭后看半点钟报，午后三点钟课余下来，上图书室去读书。晚上自修两个钟头，洗一个脸，上寝室去杂谈一会，就上床睡觉。我自从和他住在一道之后，觉得兴趣也好得多，用功也更加起劲了。

可是有一点，我时常在私心害怕，就是中学里时常有的那一种同学中的风说。他的相儿，虽则很清秀，然而两道眉毛很浓，嘴唇极厚，一张不甚白皙的长方脸，无论何人看起来，总是一位有男性美的青年。万一有风说起来的时候，我这身材矮小的南方人，当然要居于不利的地位。但是这私心的恐惧，终没有实现出来，一则因为大学生究竟比中学生知识高一点，二则大约也是因为他的勤勉的行为和凛不可犯的威风可以压服众人的缘故。

这样的又过去了两个月，北风渐渐的紧起来，京城里的居民也感到寒威的逼迫了，我们学校里就开始了考试，到了旧历十二月底边，便放了年假。

同班的同学，北方人大抵是回家去过年的；只有贫而无归的我和其他的二三个南方人，脸上只是一天一天地枯寂下去，眼看得同学们一个一个的兴高采烈地整理行箧，心里每在洒丧家的苦泪。同房间的他因为看得我这一种状况，也似乎不忍别去，所以考完的那一天中午，他就同我说："年假期内，我也不打算回去，好在这儿多读一点书。"

但考试完后的两天，图书室也闭门了，同房间的同学只剩了我和他的两个人。又加以寝室内和自修室里火炉也没有，电灯也似乎灭了光，冷灰灰地蛰伏在那里，看书终究看不进去。若去看戏游玩呢，我们又没有这些钱，上街去走走呢，冰寒的大风灰沙里，看见的又都是些残年的急景和来往忙碌的行人。

到了放假后的第三天，他也垂头丧气地急起来了。那一天早晨，天气特别地冷，我们开了眼，谈着话，一直睡到十点多钟才起床。饿着肚在房里看了一回杂志，他忽而对我说："李君，我们走罢，你到我们乡下去过年好不好？"

当他告诉我不回家去过年的时候，我已经看出了他对我的好意，心里着实地过意不去，现在又听了他这话，更加觉得对他不起了，所以就对他说："你去吧！家里又近，回家去又可以享受夫妇的天伦之乐，为什么不回去呢？"

但他无论如何总不肯一个人回去，从十点半钟讲起，一直讲到中午吃饭的时候止，他总要我和他一道，才肯回去。他的脾气是很古怪，平时沉默寡言，凡事一说出口，却不肯改过口来。我和他相处半年，深知他有这一种执拗不弯的习气，所以到后来就终究答应了他，和他一道上他那里去过年。

那一天早晨很冷，中午的时候，太阳还躲在灰白的层云里，吃过中饭，把行李收拾了一收拾，正要雇车出去的时候，寒空里却下起鹅毛似的雪片来了。

雇洋车坐到永定门外，从永定门我们再雇驴车到殷家集去。路上来往的行人很少，四野寥廓，只有几簇枯树林在那里点缀冬郊的寂寞。雪片尽是一阵一阵地大起来，四面的野景，渺渺茫茫，从车篷缺处看出去，好像是披着了一层薄纱似的。幸亏我们车是往南行的，北风吹不着，但驴背的雪片积得很多，融化的热气一道一道的偷进车箱里来，看去好像是驴子在那里出汗的样子。

冬天的短日，阴森森地晚了，驴车里摇动虽则很厉害，但我已经昏昏地睡着。到了他摇我醒来的时候，我同做梦似的不晓得身子在什么地方。张开眼睛来一看，只觉得车篷里黑得怕人。他笑着说："李君！你醒醒吧！你瞧，前面不是有几点灯火看见了吗？那儿就是殷家集吓！"

又走了一阵，车子到了他家的门口，下车之后，我的脚也盘坐得麻了。走进他的家里去一看，里边却宽敞得很。他的老父和母亲，喜欢得了不得。我们在一盏煤油灯下，吃完了晚饭，他的媳妇也出来为我在一张暖炕上铺起被褥来。说起他的媳妇，本来是生长在他家里的童养媳，是于去年刚合婚的。两只脚缠得很小，相儿虽则不美，但在乡下也不算很坏。不过衣服的样子太古，从看惯了都市人士的我们看来，她那件青布的棉袄和紧扎着脚的红棉裤，实在太难看了。这一晚因为日间在驴车上摇摆了半天，我觉得有点倦了，所以吃完晚饭之后，一早就上炕去睡了。他在里间房里和他父母谈了些什么，和他媳妇在什么时候上炕，我却没有知道。

在他家里过了一个年，住了九天，我所看出来的事实，有两件很使我为他伤心：第一是婚姻的不如意，第二是他家里的贫穷。

北方的农家，大约都是一样的，终岁勤劳，所得的结果，还不够供政府的苛税。他家里虽则有几十亩地，然而这几十亩地的出息，除了赋税而外，他老父母的饮食和媳妇的服饰，还是供给不了的。他是独养儿子，父亲今年五十多了。他前后左右的农家的儿子，年纪和他相上下的，都能上地里去工作，帮助家计；而他一个人在学校里念书，非但不能帮他父亲，并且时时还要向家里去支取零用钱来买书购物。到此，我才看出了他在学校里所以要这样减省的原因。唯其如此，我和他同病相怜，更加觉得他的人格的高尚。

到了正月初四，旧年的雪也融化了，他在家里日日和那童养媳相对，也似乎十分地不快，所以我就劝他早日回京，回到学校里去。正月初五的早晨，天气很好，他父亲自家上前面一家姓陈的人家，去借了骡儿和车子，送我们进城来。

说起了这姓陈的人家，我现在还疑他们的女儿是我同学死的最大原因。陈家是殷家集的豪农，有地二百多顷。房屋也是瓦屋，屋前屋后的墙围很大。他们有三个儿子，顶大的却是一位女儿。她今年十九岁了，比我那位同学小两岁。我和他在他家里住了九天，然而一半的光阴却是在陈家费去的。陈家的老头儿，年纪和我同学的父亲差不多，可是娶了两次亲，前后都已经死了。

初娶的正配生了一个女儿，继娶的续弦生了三个男孩，顶大的还只有十一岁。

我的同学和陈家的惠英——这是她的名字——小的时候，在一个私塾里念书；后来大了，他就去进了史官屯的小学校。这史官屯在殷家集之北七八里路的地方，是出永定门以南的第一个大村庄。他在史官屯小学里住了四年，成绩最好，每次总考第一，所以毕业之后，先生就为他去北京师范报名，要他继续求学。这先生现在也已经去世了，我的同学一说起他，还要流出眼泪来，感激得不了。从此他在北京师范住了四年，现在安安稳稳地进了大学。读书人很少的这村庄上，大家对于他的勤俭力学，当然是非常尊敬。尤其是陈家的老头儿，每对他父亲说："雅儒这小孩，一定很有出息，你一定培植他出来，若要钱用，我尽可以为你出力。"

我说了大半天，把他的名姓忘了，还没有告诉出来。他姓朱，名字叫"雅儒"。我们学校里的称呼，本来是连名带姓叫的，大家叫他"朱雅儒""朱雅儒"；而他叫人，却总不把名字放进去，只叫一个姓氏，底下添一个君字。因此他总不直呼其名地叫我"李厥民"，而以"李君"两字叫我。我起初还听不惯，觉得有点儿不好意思；后来也就学了他，叫他"朱君""朱君"了。

陈家的老头儿既然这样的重视他，对于他父亲提出的借款问题，当然是百无一拒的。所以我想他们家里，欠陈家的款，一定也是不在少数。

那一天，正月初五的那一天，他父亲向陈家去借了驴车驴子，送我们进城来，我在路上因为没有话讲，就对他说："可惜陈家的惠英没有读书，她实在是聪明得很！"

他起初听了我这一句话，脸上忽而红了一红，后来觉得我讲这话时并没有恶意含着，他就叹了一口气说："唉！天下的恨事正多得很哩！"

我看他的神气，似乎他不大愿意我说这些女孩儿的事情，所以我也就默默地不响了。那一天到了学校之后，同学们都还没有回来，我和他两个人逛逛厂甸，听听戏，也就猫猫虎虎将一个寒假过了过去。开学之后，又是刻板的生活，上课下课，吃饭睡觉，一直到了暑假。

暑假中，我因为想家想得心切，就和他别去，回南边的家里来住了两个月。上车的时候，他送我到车站上来，说了许多互相勉励的说话，要我到家之后，每天写一封信给他，报告南边的风物。而我自家呢，说想于暑假中去当两个月家庭教师，好弄一点零用，买一点书籍。

我到南边之后，虽则不天天写信，但一个月中间，也总计要和他通五六封信。我从信中的消息，知道他暑假中并不回家去仍住在北京一家姓黄的人家教书，每月也可得二十块钱薪水。

到阳历八月底边，他写信来催我回京，并且说他于前星期六回到殷家集去了一次，陈家的惠英还在问起我的消息呢。

因为他提起了惠英，我倒想起当日在殷家集过年的事情来了。惠英的貌并不美，不过皮肤的细白实在是北方女子中间所少见的。一双大眼睛，看人的时候，使人要惧怕起来；因为她的眼睛似乎能洞见一切。身材不矮不高，一张团团的面使人一见就觉得她是一个忠厚的人。但是人很能干，自她后母死后，一切家计都操在她的手里。她的家里，洒扫得很干净。西面的一间厢房，是她的起坐室，一切账簿文件，都搁在这一间厢房里。我和朱君于过年前后的几天中老去坐谈的，也是在这间房里。她父亲喜欢喝点酒，所以正月里的几天，他老在外头。我和朱君上她家里去的时候，不是和她的几个弟弟说笑话，谈故事，就和她讲些北京学校里的杂事。朱君对她严谨沉默，和对我们同学一样。她对朱君亦没有什么特别的亲热的表示。

只有一天，正月初四的晚上，吃过晚饭之后，朱君忽而从家中走了出去。我和他父亲谈了些杂天，抽了一点空，也顺便走了出去，上前面陈家去，以为朱君一定在她那里坐着。然而到了那厢房里，和她的小兄弟谈了几句话之后，问他们“朱君来过了没有？”，他们都摇摇头说“没有来过”。问他们的“姐姐呢？”，他们回答说“病着，睡觉了”。

我回到朱家来，正想上炕去睡的时候，从前面门里朱君却很快的走了进来。在煤油灯底下，我虽看不清他的脸色，然而从他和我说话的声气及他那双红肿的眼睛上看来，似乎他刚上什么地方去痛哭了一场似的。

我接到了他催我回京的信后，一时连想到了这些细事，心里倒觉得有点好笑，就自言自语地说了一句：“老朱！你大约也掉在恋爱里了吧？”

阳历九月初，我到了北京，朱君早已回到学校里来，床位饭案等事情，他早已为我弄好，弄得和他在一块。暑假考的成绩，也已经发表了，他列在第二，我却在他的底下三名的第五，所以自修室也合在一块儿。

开学之后，一切都和往年一样，我们的生活也是刻板式地很平稳地过去了一个多月。北京的天气，新考入来的学生，和我们一班的同学，以及其他的一切，都是同上学期一样没有什么变化，可是朱君的性格却比从前有点不同起来了。

平常本来是沉默的他，入了阳历十月以后，更是闷声不响了。本来他用钱是很节省的，但是新学期开始之后，他老拖了我上酒店去喝酒去。拼命的喝几杯之后，他就放声骂社会制度的不良，骂经济分配的不均，骂军阀，骂官僚，末了他尤其攻击北方农民阶级的愚昧，无微不至。我看了他这一种悲愤，心里也着实为他所动，可是到后来只好以顺天守命的老生常谈来劝他。

本来是勤勉的他，这一学期来更加用功了。晚上熄灯铃打了之后，他还是一个人在自修室里点着洋蜡，在看英文的爱伦凯、倍倍儿、须帝纳儿等人的书。我也曾劝过他好几次，教他及时休养休养，保重身体。他却昂然地对我说："像这样的世界上，像这样的社会里，我们偷生着有什么用处？什么叫保重身体？你先去睡吧！"

礼拜六的下午和礼拜天的早晨，我们本来是每礼拜约定上郊外去走走的；但他自从入了阳历十月以后，不推托说是书没有看完，就说是身体不好，总一个人留在寝室里不出去。实际上，我看他的身体也一天一天地瘦下去了。两道很浓的眉毛，投下了两层阴影，他的眼窝陷落得很深，看起来实在有点怕人，而他自家却还在起早落夜地读那些提倡改革社会的书。我注意看他，觉得他的饭量也渐渐地减下去了。

有一天寒风吹得很冷，天空中遮满了灰暗的雪，仿佛要下大雪的早晨，门房忽而到我们的寝室里来，说有一位女客，在那里找朱先生。那时候，朱君已经出去上操场上去散步看书去了。我走到操场上，寻见了他，告诉了他以后，他脸上忽然变得一点血色也没有，瞪了两眼，同呆子似的尽管问我说："她来了吗？她真来了吗？"

我倒被他骇了一跳，认真地对他说："谁来谎你，你跑出去看看就对了。"

他出去了半日，到上课的时候，也不进教室里来；等到午后一点多钟，我在下堂上自修课去的路上，却遇见了他。他的脸色更灰白了，比早晨我对他说话的时候还要阴郁，锁紧了的一双浓厚的眉毛，阴影扩大了开来，他的全部脸上都罩着一层死色。我遇见了他，问他早晨来的是谁，他却微微地露了一脸苦笑说："是惠英！她是上京来买货物的，现在和她爸爸住在打磨厂高升店。你打算去看她吗？我们晚上一同去吧！去和他们听戏去。"

听了他这一番话，我心里倒喜欢得很，因为陈家的老头儿的话，他是很要听的。所以我想吃过晚饭之后，和他同上高升店去，一则可以看看半年多不见的惠英，二则可以托陈家的老头儿劝劝朱君，劝他少用些功。

吃过晚饭，风刮得很大，我和他两个人不得不坐洋车上打磨厂去。到高升店去一看，他们父女两人正在吃晚饭，陈老头还在喝白干，桌上一个羊肉火锅烧得满屋里都是火锅的香味。电灯光为火锅的热气所包住，照得房里朦朦胧胧。惠英着了一件黑布的长袍，立起来让我们坐下喝酒的时候，我觉得她的相儿却比在殷家集的时候美得多了。

陈老头一定要我们坐下去喝酒，我们不得已就坐下去喝了几杯。一边喝，一边谈，我就把朱君近来太用功的事情说了一遍。陈老头听了我的话，果然对朱君说："雅儒！你在大学里，成绩也不算不好，何必再这样呢？听说你考在第二名，也已经可以了，你难道还想夺第一名吗？……总之，是身体要紧。……你的家里，全都在盼望你在大学里毕业后，赚钱去养家。万一身体不好，你就是学问再好一点，也没有用处。"

朱君听了这些话，尽是闷声不语，一杯一杯的在俯着头喝酒。我也因为喝了一点酒，头早昏痛了，所以看不出他的表情来。一面回过头来看看惠英，似乎也俯着了头，在那里落眼泪。

这一天晚上，因为谈天谈得时节长了，戏终于没有去听。我们坐洋车回校里的时候，自修的钟头却已经过了。第二天，陈家的父女已经回家去了，我们也就回复了平时的刻板生活。朱君的用功，沉默，牢骚抑郁的态度，也仍旧和前头一样，并不因陈家老头儿的劝告而减轻些。

时间一天一天地过去，又是一年将尽的冬天到了。北风接着吹了几天，早晚的寒冷骤然增加了起来。年假考的前一个星期，大家都紧张起来了，朱君也因为这一学期里看课外的书看了太多，把学校里的课本丢开的原因，接连有三夜不睡，温习了三夜功课。

正将考试的前一天早晨，朱君忽儿一早就起了床，袜子也不穿，蓬头垢面地跑了出去。跑到了门房里，他拉住了门房，要他把那一个人交出来。门房莫名其妙，问他所说的那一个人是谁，他只是拉住了门房吵闹，却不肯说出那一个人的姓名来。吵得声音大了，我们都出去看，一看是朱君在和门房吵闹，我就夹了进去。这时候我一看朱君的神色，自家也骇了一跳。

他的眼睛是血涨得红红的，两道眉毛直竖在那里，脸上是一种没有光泽的青灰色，额上颈项上涨满了许多青筋。他一看见我们，就露了两列雪白的牙齿，同哭也似的笑着说："好好，你们都来了，你们把这一个小军阀看守着，让我去拿出手枪来枪毙他。"

说着，他就把门房一推，推在我和另外两个同学的身上；我们都不防他的，被他这么一推，四个人就一块儿地跌倒在地上。他却哈哈地笑了几声，就一直的跑了进去。

我们看了他这一种行动，大家都晓得他是精神错乱了，就商量叫校役把他看守在养病室里，一边去通知学校当局，请学校里快去请医生来替他医治。

他一个人坐在养病室里不耐烦，硬要出来和校役打骂。并且指看守他的校役是小军阀，骂着说："浑蛋，像你这样的一个小小的军阀，也敢强娶人家的闺女吗？快拿手枪来，快拿手枪来！”

校医来看他的病，也被他打了几下，并且把校医的一副眼镜也扯下来打碎了。我站在门口，含泪地叫了几声：“朱君！朱君！你连我都认不清了吗？”

他光着眼睛，对我看了一忽，就又哈哈哈哈地笑着说：“你这小王八，你是来骗钱的吧？”说着，他又打上我的身来，我们不得已就只好将养病室的门锁上，一边差人上他家里去报信，叫他的父母出来看护他的病。

到了将晚的时候，他父亲来了，同来的是陈家的老头儿。我当夜就和他们陪朱君出去，在一家公寓里先租了一间房间住着。朱君的病愈来愈凶了，我们三个人因为想制止他的暴行，终于一晚没有睡觉。

第二天早晨，我一早就回学校去考试，到了午后，再上公寓里去看他的时候，知道他们已经另外租定了一间小屋，把朱君捆缚起来了。

我在学校里考试考了三天，正到考完的那一日早晨一早就接到了一个急信，说朱君已经不行了，急待我上那儿去看看他。我到了那里去一看，只见黑戚戚的一间小屋里，他同鬼也似的还被缚在一张板床上。房里的空气秽臭得不堪，在这黑臭的空气里，只听见微微的喘气声和腹泻的声音。我在门口静立了一忽，实在是耐不住了，便放高了声音，“朱君”“朱君”地叫了两声。坐在他脚后的他那老父，马上就举起手来阻止住我的发声。朱君听了我的唤声，把头转过来看我的时候，我只看见了一个枯黑的同骷髅似的头和很黑很黑的两颗眼睛。

我踏进了那间小房，审视了他一回，看见他的手脚还是绑着，头却软软地斜靠在枕头上面。脚后头坐在他父亲背后的，还有一位那朱君的媳妇，眼睛哭得红肿，呆呆地缩着头，在那里看守着这将死的她的男人。

我向前后一看，眼泪忽而涌了出来，走上他的枕头边上，伏下身去，轻轻的问了他一句话“朱君！你还认得我吗？”底下就说不下去了。他又转过头来对我看了一眼，脸上一点儿表情也没有，但由我的泪眼看过去，好像他的眼角上也在流出眼泪来的样子。

我走近他父亲的身边，问陈老头哪里去了。他父亲说：“他们惠英要于今天出嫁给一位军官，所以他早就回去料理喜事去了。”

我又问朱君服的是什么药，他父亲只摇摇头，说：“我也不晓得。不过他服了药后，却泻到如今，现在是好像已经不行了。”

我心里想，这一定是服药服错了，否则，三天之内，他何以会变得这样的呢？我正想说话的时候，却又听见了一阵腹泻的声音，朱君的头在枕上摇了几摇，喉头咯咯地响起来了。我的毛发悚竖了起来，同时他父亲，他媳妇儿也站起来赶上他的枕头边上去。我看见他的头往上抽了几抽，喉咙头格落落响了几声，微微抽动了一刻钟的样子，一切的动静就停止了。他的媳妇儿放声哭了起来，他的父亲也因急得痴了，倒只是不发声地呆站在那里。我却忍耐不住了，也低下头去在他耳边“朱君！”“朱君！”地绝叫了两三声。

第二天早晨，天又下起微雪来了。我和朱君的父亲和他的媳妇，在一辆大车上一清早就送朱君的棺材出城去。这时候城内外的居民还没有起床，长街上清冷得很。一辆大车，前面载着朱君的灵柩，后面坐着我们三人，慢慢地在雪里转走。雪片积在前面罩棺木的红毡上，我和朱君的父亲却包在一条破棉被里，避着背后吹来的北风。街上的行人很少，朱君的媳妇幽幽在哭着的声音，觉得更加令人伤感。

大车走出永定门的时候，黄灰色的太阳出来了，雪片也似乎少了一点。我想起了去年冬假里和朱君一道上他家去的光景，就不知不觉地向前面的灵柩叫了两声，忽而按忍不住地哗的一声放声哭了起来。

一九二七年七月十六日